W0365846

Marthe Villalonga

Avec la complicité de Lucette-Marie Sagnières

TOUT SIMPLEMENT

Editions Anne Carrière

Cet ouvrage comporte un cahier
photos de 16 pages en couleurs
(tous droits réservés).

ISBN : 2-84337-229-1

© Editions Anne Carrière, Paris, 2003

www.anne-carriere.fr

à Zizou et à Nono

Toutoune

Le Soleil ! C'est sûrement lui que Toutoune a dû voir en premier. Toutoune, alias Tounette, alias Martoune et autres petits noms charmants, c'est moi. Et moi, pour dire le vrai, j'aurais préféré qu'on m'appelle par mon prénom, Marthe, tout simplement. Mais il faut croire que Marthe se prêtait plutôt bien à toutes sortes de diminutifs plus ou moins nunuches, Tounette étant mon préféré et Toutoune celui qui, de loin, m'énerve le plus. Mais bon ! De toute façon, dans la famille, on a toujours aimé les petits surnoms. Alors, va pour Toutoune, d'autant qu'aujourd'hui, lorsque je l'entends par hasard dans la bouche d'un de mes proches, ça ne me rappelle finalement que des bons souvenirs, ne serait-ce que le jour où une de mes camarades de classe m'a appelée Toutoune devant ma prof d'arabe qui s'appelait Mlle Athoun... Evidemment, elle a cru qu'on se fichait d'elle. On a eu la pète, pour ne pas dire la trouille, mais on a bien rigolé.

Donc, c'est le soleil que Toutoune a dû voir en premier. Un soleil parfait dans un ciel parfait, au-dessus d'une ville toute blanche : Alger. Enfin, presque. En réalité, je suis née chez mes grands-parents maternels, à Fort-de-l'Eau, une petite station balnéaire située à une trentaine de kilomètres à l'est d'Alger, dont le romancier Daniel Picouly a d'ailleurs très bien parlé dans l'un de ses livres.

Ils y possédaient une petite ferme, dont le nom ronflant semblait sorti tout droit d'un grand film romantique avec Vivien Leigh et Clark Gable en tête d'affiche : la Campagne Victoria. Ça en jette mais ce n'était quand même qu'une modeste maison.

Ce jour-là, le 20 mars 1932, ma mère fit remarquer à tout son monde que, pour la naissance de sa Toutoune, les hasards du calendrier avaient bien fait les choses. En effet, c'était à la fois le jour du printemps et le jour des Rameaux. Le clocher de l'église carillonnait à tout va. Ce qui lui fit dire avec bonne humeur : « Ben voilà : la cloche est arrivée ! Et en plus, elle est bénie ! »

Huit jours plus tard, je prenais mes quartiers un peu plus loin, chez moi, à Maison-Carrée, ville de garnison très animée, très active, à une douzaine de kilomètres d'Alger. J'ai bien dit une ville, pas une proche banlieue ! Non mais ! D'ailleurs, avec ses petits commerces, ses artisans, sa grand-place où tout le monde se retrouvait pour papoter le dimanche matin, ses bistrots, ses arcades, ses grandes écoles (l'institut industriel, l'institut agricole) et son kiosque, le centre de Maison-Carrée était aussi animé que celui d'une grande ville. Nous, les jeunes, qui avions si peu d'occasions de nous retrouver, on « faisait le persil » sur la place, c'est-à-dire qu'on déambulait de long en large... On faisait le persil, quoi ! Mais ne me demandez pas d'où vient l'expression...

La cité s'étendait sur plusieurs quartiers : Bellevue, Belfort en haut de la côte Arago, où une de mes tantes a habité, le quartier Altairac et sa briqueterie, le quartier de l'Harrach, du nom de la rivière qui le sépare du centre-ville, et le quartier Bomati, du nom d'une ancienne famille de la région... J'en oublie peut-être.

En parlant de l'Harrach, elle s'est mise en colère plusieurs fois. Les grosses pluies venues du bled la faisaient sortir de son lit. Le niveau de l'eau est souvent monté jusqu'au premier étage des maisons, dont la nôtre. Il fallait tout recommencer à zéro.

Mes parents, Jean, dit Nono, et Thérèse, dite Zizou, tenaient à Maison-Carrée un café dont l'enseigne pour ainsi dire prédestinée au départ n'a pas tenu ses promesses à l'arrivée : Le Café de France.

Je le revois comme si c'était hier : une salle assez grande et très lumineuse, avec, au centre, un bar circulaire qui donnait à l'ensemble toute son originalité et, un peu en retrait, contre un mur, un super fourneau à charbon comme on n'en fait plus depuis longtemps. Des cinq ouvertures, toutes ornées de stores flottants, et de l'entrée principale donnant sur une longue portion de trottoir reconverti en terrasse filtrait en permanence la clarté dorée et remuante du soleil. C'est sans doute pour ça que, maintenant encore, lorsque j'y repense, j'ai l'impression que cet endroit dégageait de partout une couleur chaude et légère, une tonalité jaune orangé qui n'existe peut-être que dans ma tête.

A la grande salle s'en ajoutaient deux autres, qui servaient de réserve, et un garage aussi. Le café, tel qu'il était situé, à la proue du bâtiment, s'ouvrait donc sur deux rues : la rue Dutertre et la rue Jacquart. A l'arrière passait la rue Jean-Dejean, du nom de mon arrière-grand-père paternel, ex-conseiller municipal de Maison-Carrée.

Il faisait bon y vivre, ma parole d'honneur ! Et quand je dis « vivre », ce n'est pas un mot en l'air, puisque nous passions le plus clair du temps dans le café, avec les clients, pour la plupart habitués de longue date, toutes origines confondues, arabe, juive, espagnole, italienne, dans une ambiance bon enfant, un climat quasi familial, où les racines des uns et des autres ne faisaient pas la différence. En ces temps lointains, la fraternité était un pays à elle toute seule.

A l'étage, il y avait des chambres louées et notre appartement qui se résumait à deux chambres à coucher, celle de mes parents et la mienne ; et, dans la mienne, comme dans tous les endroits plus ou moins grands que j'ai habités par la suite, un piano, car je ne conçois pas la vie sans mon piano.

Il faut dire que, toute petite déjà (et cela n'a pas beaucoup changé depuis, vu ma taille actuelle !), je faisais mes gammes tous les jours, comme d'autres enfants font des coloriages. Le piano et moi, c'est une longue histoire. J'y reviendrai.

Pour le moment, je reste encore un peu dans ce cher Café de France qui m'a vue grandir et monter sur les tables pour faire le pitre. Je m'égosillais sur du Maurice Chevalier : « Ma poooomme ! » (cela explique peut-être le timbre cristallin que j'ai aujourd'hui...) et, pour conclure mon numéro en beauté, à la demande des clients, j'entonnais : « C'est la lutte finale », le poing levé, sous le regard faussement scandalisé de ma mère.

« Tu vas voir si je t'attrape !

– Je le dirai à papa. »

De toute façon, je n'avais aucun souci à me faire. Ils n'ont jamais levé la main sur moi. Ce qui les titillait le plus dans l'éducation de leur fille unique, c'était l'honneur, qui, on le sait depuis Pagnol, est comme les allumettes : il ne sert qu'une fois. Mais à l'âge tendre où je montais sur les tables pour chanter « Prosper, youp-là boum ! », la question n'était pas encore à l'ordre du jour. Ils riaient en douce de mes clowneries et j'en profitais pour amuser la galerie.

Le vendredi, jour du grand marché aux bestiaux, le café ne désemplissait pas. Ma mère se mettait en cuisine, derrière son fourneau à charbon, dès l'aube.

« Hum !... Ça sent bon, madame Nono ! On va se régaler. »

Thérèse faisait la chorba, sorte de soupe que l'on peut enrichir à volonté avec du mouton, des pois chiches et des petites pâtes que nous appelions joliment là-bas des « langues d'oiseaux ». Elle préparait aussi la loubia, un plat costaud à base de haricots en sauce, sans oublier la kémia, évidemment, pour ouvrir l'appétit de tout le monde. Il faut savoir que la kémia est en Algérie ce que les tapas sont en Espagne ou les amuse-gueule en France : olives, bliblis (pois chiches grillés), tramousses (graines de lupin), fèves, sardines à l'escabèche, petits rougets de roche grillés, petites seiches au noir, c'est-à-dire cuisinées dans leur encre, et, bien sûr, la soubresade, notre charcuterie à nous. Maman servait tout ça en portions. Ces jours-là, le Café de France embaumait les aromates et les épices. Il affichait complet du matin au soir. N'étant pas préoccupée par ma ligne à cette époque, je salivais sur le chemin, après l'école, en pensant à ce que j'allais pouvoir dévorer sitôt arrivée chez moi. J'ai toujours adoré la cuisine arabe. Surtout les plats relevés.

Rien que les mots me donnent la fringale : longanisse (délicieuse saucisse à griller, longue et fine), boutifarre (gros boudin à la viande crue), fromageade (pâte à tarte au lard), mouna (brioche parfumée à l'eau de fleur d'oranger et uniquement réservée au lundi de Pâques), mantécaos (petits sablés au saindoux saupoudrés de cannelle), oreillettes (beignets très légers dont on ne faisait qu'une bouchée)... Je m'arrête là, sinon je vais me mettre à grossir à vue d'œil ! La vérité, c'est que je mangeais comme quatre et que Zizou se défendait pas mal en cuisine.

Pendant la guerre, la police militaire faisait fermer les commerces à l'heure du couvre-feu. Quand elle arrivait, mon père, réglo, mettait gentiment tout le monde dehors. Un jour, une bande d'Ecossais de la *Military Police*, tous baraqués comme des armoires à glace, lui ont dit : « On aimerait bien avoir une petite soirée tranquille », et papa a répondu : « D'accord. Vous sortez par la grande porte à l'heure dite et après vous rentrerez un par un de l'autre côté, par la porte de mon garage. Ni vu ni connu. »

Ainsi fut fait. Une vingtaine d'Ecossais pleins de vitalité et d'appétit sont venus se mettre à table dans notre garage où ma mère avait dressé une table de banquet. En fait de gueuleton, il n'y avait au menu... que des œufs sur le plat. Ni plus ni moins. Ça n'a l'air de rien, des œufs, mais c'était, comme on dit, pain bénit, à un moment où les restrictions étaient à l'ordre du jour, même là-bas et même avec le marché noir, qui a sévi en Algérie comme en France.

Bref, les Ecossais voulaient des œufs (*because it's very good for Scottish people !*), donc maman leur en a fait manger tant et plus. A la fin du repas, ils ont réglé leur addition sans broncher, et ils sont partis le ventre plein vers minuit. Seulement, lorsqu'on a débarrassé le couvert, on a trouvé un billet caché sous la première assiette, puis un deuxième sous la deuxième, et ainsi de suite d'un bout à l'autre de la table. C'était une façon très élégante de nous remercier de ne pas les avoir arnaqués, ce qui avait dû être le cas ailleurs...

Toujours à la même époque, et toujours au chapitre de la nourriture, je me souviens qu'à l'école je refilais à mes copines qui étaient en pension et ne mangeaient pas à leur faim les chewing-gums et les barrettes de chocolat que me donnaient les Américains, en particulier mes amis Mac et Jimmy, deux beaux garçons de dix-neuf ans qui venaient très souvent au café, et que mes parents chouchoutaient. J'étais devenue un peu leur petite sœur.

Si j'avais tendance à avaler tout ce qui se présentait et à n'importe quel moment, c'est que je n'étais pas difficile et que je me dépensais pas mal aussi.

Entre l'école, mes cours de piano dès l'âge de six ans, à Maison-Carrée d'abord, puis au conservatoire et aux beaux-arts d'Alger, mes baignades à Jean-Bart, petit port de pêche dont je reparlerai plus loin, mes premiers élans de comédienne en herbe, au patronage, sous la houlette d'un curé extraordinaire, et les petits coups de main que je pouvais donner, en rentrant de l'école, à mes parents qui bossaient non-stop sept jours sur sept, je n'avais pas le temps de m'ennuyer !

Du reste, et ça doit se voir comme mon nez au milieu de ma figure, je n'ai jamais été du genre à m'ennuyer. C'est comme ça que sur les plateaux de tournage, entre deux prises, j'ai tricoté « une tonne » de layette pour des copines qui allaient accoucher !

De cette enfance ensoleillée, bien remplie et très surveillée (« Ne me fais pas perdre la figure ! » me répétait papa) émergent encore une série de petits événements, intacts, qui ne me semblent pas si loin que ça et qui ont le don de me faire battre le cœur comme si je les avais vécus pas plus tard que la semaine dernière.

Les rares fois où j'ai eu la permission d'aller me baigner à Fort-de-l'Eau avec des camarades, on prenait la patache, une espèce de diligence tirée par des chevaux, pas vraiment confortable mais dans laquelle on s'entassait de bon cœur à trente ou quarante. Il arrivait que la côte soit trop raide, alors on descendait, pas pour pousser mais pour alléger. En haut de la côte, on remontait dans la patache, et ainsi de suite tout au long de la route. Un coup dehors, un coup dedans. C'était folklo mais ça nous faisait beaucoup rire, et à l'arrivée la baignade n'en était que meilleure !

De temps en temps aussi, pendant que maman restait au café, j'allais avec mon père dire bonjour à mes grands-parents à la Campagne Victoria. La maison était planquée au bout d'une grande allée et, à la saison des glycines, mon père était obligé de rouler au pas dès le portail pour écarter doucement, sans les abîmer, les longues grappes de fleurs qui s'inclinaient sur le capot de la voiture. Elles s'ouvraient devant nous comme un lourd rideau bleu, au fur et à mesure que nous avancions... On se serait cru dans un rêve. A l'arrivée, pour couronner le tout, nous étions accueillis par un arbre magnifique (peut-être un cèdre) et par une multitude d'oiseaux, parce que mon grand-père avait construit là, en cercle autour de l'arbre, une grande volière, remplie de tourterelles, de colombes, de pigeons ramiers, qui faisait ma joie et mon admiration.

De la joie, j'en ai eu mon comptant, ne serait-ce que le jour de ma communion solennelle lorsque j'ai reçu ma croix en or et ma première bague avec une petite perle. Malheureusement, je n'ai pu la porter que bien des années plus tard, parce qu'elle était beaucoup trop grande pour moi. Je pense que c'était fait exprès pour que je ne la perde pas. Qu'importe ! A cette époque et dans le milieu où je vivais, respectueux de la tradition, les cadeaux de première communion représentaient quelque chose d'important. En plus, comme j'étais encore trop jeune pour faire des complexes à propos de ma taille ou de mes rondeurs (ça m'est venu plus tard), je me suis trouvée plutôt mignonne dans la belle robe blanche qui m'avait été prêtée par une petite cousine. C'était la guerre et on ne trouvait plus rien dans les magasins.

Cette communion fut un événement mémorable à plus d'un titre d'ailleurs, puisque c'est à cette occasion que ma mère a pris la décision de me présenter à mon grand-père paternel, que je ne connaissais pas, car il était fâché avec son fils depuis très longtemps.

« Que tu le veuilles ou pas, a dit Thérèse à son mari, c'est le moment ou jamais que cette petite rencontre son grand-père. C'est comme ça et pas autrement ! »

Gentille, la Zizou, mais ferme ! Pas pipelette, très famille-famille, très boulot-boulot, toujours prête à rendre service, mais intransigeante quand il le fallait. Et Nono suivait.

Ce jour-là, elle a été bien inspirée, puisque le grand-père, après ces retrouvailles, est resté à demeure parmi nous.

Bien que fille unique, je ne me sentais pas solitaire. J'avais mes copines de classe, et puis aussi Josiane Luisetti, avec qui je faisais du basket. Enfin, j'essayais, mais ça n'a pas duré longtemps ! J'étais trop rase-mottes pour marquer des paniers. Le dimanche matin, Josiane et moi, on allait voir jouer nos copains de l'équipe masculine. Ils étaient tous plus beaux les uns que les autres. Il y en avait un en particulier qui m'avait tapé dans l'œil, mais comme je n'étais pas sûre de moi (je me trouvais trop petite, trop grosse), je croyais qu'il était plutôt intéressé par Josiane. Eh bien, pas du tout ! C'était moi qu'il regardait et moi je le regardais aussi. On se rencontrait, toujours en public, sous le regard taquin et complice de tous les copains qui savaient à quoi s'en tenir et ne se privaient pas de nous le faire comprendre : petits sourires en coin, petites allusions, etc. Hélas ! Ce qui aurait pu être une belle histoire d'amour s'est fini en queue de poisson. C'est assez courant à l'adolescence. On s'emballe, on s'emballe, et puis la vie se charge du reste.

Bien des années après, j'ai retrouvé par hasard un de ces beaux basketteurs lors d'un voyage au Viêtnam ! Incroyable mais vrai. Nous assistions tous les deux à un spectacle de marionnettes sur l'eau. Le monde est tout petit. On s'est reconnus au premier coup d'œil, ce qui prouve que l'on ne devait guère avoir changé, et, bien sûr, on est tombés dans les bras l'un de l'autre.

Lorsque nous allions à Jean-Bart avec mes parents, on en profitait pour faire un petit coucou en passant aux cousins Coco et Rose Corrao. Une étape sympa (la famille a toujours beaucoup compté pour nous), à la croisée des chemins, avant de retrouver toute la bande des vacances :

Pierrette, Ritou, Lucette, Titi, Alain, Francine, René, tous ceux dont je connaissais les parents, les grands-parents, ce qui n'avait rien d'étonnant puisque là-bas tout le monde connaissait tout le monde : les Bussetti, Barrès, Guerder, Desclaux... Ces noms chantent encore dans ma mémoire. Ils font partie de ma jeunesse. Quand je les cite, c'est tout Jean-Bart qui soudain se ranime, joyeux et tendre, sous le soleil radieux des mois d'été perdus.

Quelques années plus tard, j'ai passé de très bons moments également avec la bande des aviateurs : Michel Granier, Charly Maingon, Bernard Mairet et Jean-Claude Tessier qui a épousé ma grande copine Nicole, l'infirmière. Ils étaient tous tombés amoureux de Jean-Bart, et nous étions devenus un groupe très soudé. La preuve : plus d'un demi-siècle après, j'en parle encore comme si on s'était quittés hier ! C'est une façon de rendre hommage à toutes ces années de paix et d'amitié, à tous ces gens déracinés par la force des choses, arrachés à leur pays, à la terre natale, comme nous.

A Maison-Carrée, il y avait aussi les petits cireurs de chaussures, les *yaouled*, avec lesquels je jouais beaucoup. C'étaient un peu comme des petits frères pour moi, d'autant que je me débrouillais pas mal en arabe, ayant choisi cette langue en classe plutôt que l'anglais.

Mon père m'emmenait partout avec lui, au foot, aux boules (il a été champion de France en quadrette) et à la chasse au sanglier en montagne, à Texenna, où il rejoignait ses amis, les Thomas. Il profitait de la balade pour passer par Djidjelli, embrasser nos cousins Villalonga qui possédaient eux aussi un café-restaurant. Je me revois encore, dormant dans la voiture pendant une bonne partie du trajet et découvrant d'un coup, à l'étape, la douceur de l'accueil familial et la beauté des paysages.

Cette passion de Nono pour la chasse explique la place importante que les animaux ont tenue dans ma vie d'enfant. Papa avait des furets et, bien entendu, pas mal de chiens. Je me souviens surtout d'un trio de cockers, Doly, Portos et Tommy, adorables tous les trois, craquants comme souvent les cockers, avec leurs grandes oreilles et leur regard triste.

Là-bas, en Algérie, on n'avait pas intérêt à laisser les chiens courir en liberté parce qu'il y avait Galoufa, un Arabe qui passait régulièrement pour ramasser les chiens errants. Dès qu'on le voyait se pointer au bout de la rue, tout le monde criait : « V'là Galoufa ! », et les clébards se dispersaient aussi sec.

Une année, on a signalé des cas de rage et c'est justement cette année-là que le cocker Tommy, si doux, si gentil, a mordu quelqu'un. C'était de la légitime défense puisque le soi-disant mordu avait commencé le premier en balançant une calbote dans les flancs de la pauvre bête. Mais bon. L'autre a tout de suite dit que Tommy devait être enragé et qu'il fallait l'abattre fissa.

Mon père, horrifié, n'a fait ni une ni deux : il s'est précipité chez le vétérinaire, qui était un vieux copain.

« Mon chien, il va très bien. Il a pas la rage. Il s'est défendu, un point c'est tout. »

Après avoir ausculté le présumé coupable, le vétérinaire a aussitôt confirmé le diagnostic de papa et, pour conclure, lui a conseillé de donner le chien à quelqu'un, en précisant : « Qu'il reste bien planqué jusqu'à ce qu'on l'oublie. Moi, je dirai que je l'ai tué. Ça calmera les esprits. »

Mon père a donc confié discrètement Tommy à un ami qui habitait non loin de chez nous. L'ami a bouclé le chien dans son garage en lui expliquant bien les choses : « Tu restes avec moi, compris ? Et tu te tiens à carreau. Tu ne fais pas de bruit. Tu n'essaies pas de sortir et tu n'aboies jamais quoi qu'il arrive. Sinon... couic ! »

Le cocker a parfaitement saisi la leçon. Lui qui d'habitude ne tenait pas en place, il est resté sage comme une image et parfaitement silencieux pendant toute sa quarantaine. Bien entendu, il a gardé jusqu'à la fin de sa vie une santé florissante.

Les oiseaux, eux aussi, ont enchanté mon enfance. En plus de la volière qui trônait à la Campagne Victoria, il y en avait une autre à Maison-Carrée. Mon père l'avait fait monter sur roulettes pour que les clients assis en terrasse en profitent. Tous les matins, il la roulait sur le trottoir et il arrosait les petits locataires au jet. Le spectacle de cette douche matinale était vraiment merveilleux. Sous le soleil, on les voyait s'ébrouer, cou tendu, ailes déployées. Après ça, ils lissaient leurs plumes en gazouillant à qui mieux mieux. Comme fond sonore, c'était tout de même plus subtil que la musique techno.

Toutes ces bestioles m'ont beaucoup amusée, mais, au premier plan de mes distractions d'adolescente, il y avait d'abord et avant tout le Cinéma avec un grand C. Ah ! Le cinéma !

Mon grand-père maternel, qui était italien et cordonnier à l'origine, est arrivé avec son épouse en Algérie muni d'un simple balluchon. A la fin de sa vie, avant de se retirer à la Campagne Victoria au milieu des glycines, il s'est retrouvé avec son épouse propriétaire d'une salle de cinéma... et c'est nous, plus tard, qui sommes repartis avec notre ballu-chon. Ce doit être ça qu'on a appelé au moment crucial le « sens de l'histoire »... N'empêche, j'en ai bien profité de ce cinéma. L'Eden, c'était son nom, et il ne l'avait pas volé parce que pour moi c'était un endroit extraordinaire. J'y ai vu et revu tous les films américains de l'époque, Ginger Rogers, Fred Astaire, Gene Kelly, Rita Hayworth, John Wayne, sans oublier les premiers Hitchcock ! J'entrais dans la toile avec mes héros. Je faisais des claquettes sous un parapluie, je dansais des ballets aquatiques, j'étais squaw chez les Apaches, chercheur d'or, conducteur de caravane ou chanteuse dans un beuglant. Comme Gilda, j'ôtais mon gant de soirée sur un air de jazz. Je posais en maillot au bord d'une piscine comme dans *Le Bal des sirènes*, et le jour d'après, détective hors pair, je trouvais l'assassin de la riche héritière ou je m'élançais à la poursuite des bandits de grand chemin... Si j'avais pu, j'aurais passé ma vie dans ce cinéma.

Avant moi, Thérèse, ma mère, avait elle aussi beaucoup fréquenté cet endroit. Et pour cause ! Au temps du cinéma muet, elle accompagnait les films au piano. Plus tard, avec ses cinq frères et sœurs, tous musiciens dans l'âme, elle a continué dans cette voie avec le petit orchestre qu'ils avaient formé tous ensemble et qui se produisait le dimanche après-midi dans la grande salle attenante au cinéma familial. Elle jouait du piano, mes oncles et mes tantes de la clarinette, de la batterie, de la flûte et du violoncelle. Cette sympathique tribu a fait danser la jeunesse de Maison-Carrée pendant des années. Cela explique sans doute que, à l'âge où normalement j'aurais dû jouer à la marelle ou à colin-maillard, je me suis retrouvée assise devant un clavier sans savoir que le piano et la musique allaient m'accompagner tout au long de ma vie et m'apporter, tout au moins au début, des récompenses incroyables. Sans mentir, j'ai fait honneur à ma mère qui, avant de se marier, aurait bien voulu faire carrière... Elle a probablement reporté sur moi ses ambitions de jeunesse et même si, au départ, on ne m'a pas demandé mon avis, je ne l'ai jamais regretté.

Flanquée de maman qui m'accompagnait régulièrement au conservatoire d'Alger pour les contrôles mensuels et les concours de fin d'année, j'ai été couronnée de premiers prix. Malgré le manque de pratique, je me débrouille encore pas mal. Certains de ces concours se déroulaient « en aveugle », rideau fermé, sans que le jury puisse voir celui ou celle qui concourait. Impartialité garantie. Sauf pour ma mère, qui avait une oreille du tonnerre. Un jour, après une audition, elle m'a demandé : « Dis donc, le numéro quatre, c'était bien toi, hein ?

– Oui, c'était moi. »

Elle aurait pu reconnaître ma façon de jouer au milieu d'une kyrielle de candidats.

Tous ces prix collectionnés au fil des ans ne m'ont pas tourné la tête. C'était la juste récompense de mon travail. Et puis, quelque chose en moi me disait que cette passion-là ne remplirait pas toute mon existence.

A l'école déjà, dès qu'il était question de préparer une fête, j'étais la première à me mettre sur les rangs. S'il fallait une volontaire pour dire une récitation, je me serais démantibulé l'épaule à force de lever le doigt : « Moi, madame ! Moi ! »

Je trouvais ça formidable de monter sur l'estrade, de sentir tous les regards converger vers moi. J'avais le sentiment de partager avec les autres quelque chose d'important. Peut-être est-ce mon statut de fille unique qui, à mon insu, m'a poussée à sortir de mon cocon, à m'extérioriser et à faire le guignol. Mon éducation qui ne me laissait pas beaucoup d'air a dû aussi jouer son rôle là-dedans. Très tôt, en classe d'abord, puis au patronage ensuite, la comédie est devenue mon espace de liberté, ma cour de récréation. En récitant ou en jouant, je créais le contact immédiatement.

Cela dit, pour ce qui est des contacts, je n'ai jamais eu à me plaindre. J'étais toujours bien entourée. Par exemple, lorsque j'étais enfant, en fin d'après-midi, j'allais souvent chez la voisine, une Espagnole, Mme Pérello, à qui ma mère avait procuré un logement. En contrepartie, elle faisait quelques heures de ménage chez nous et me gardait après l'école. Elle avait quatre filles charmantes qui étaient comme des grandes sœurs pour moi. C'était un peu ma famille bis. Une famille nombreuse, joyeuse, colorée. Tous les jours, pour mon goûter, Mme Pérello me demandait : « Qu'est-ce que tu veux ? Du *pan y oïl*, comme d'habitude, ou autre chose ? » Et moi, invariablement, je lui réclamais ma tartine de pain grillé frotté à l'ail, avec des rondelles de tomate et une bonne rasade d'huile d'olive par-dessus ! Meilleur que ça, tu meurs !

Pour compléter mon éducation et occuper mes heures creuses, ma mère avait eu la bonne idée de m'inscrire aux Ames vaillantes, chez les sœurs. Mais marcher au pas, chanter en chœur et la boucler pendant les pauses, ce n'était vraiment pas dans mes cordes. J'en ai eu assez très rapidement.

Comme il fallait quand même que je sois toujours plus ou moins sous surveillance, on m'a envoyée un peu plus tard faire mes devoirs, en face du café, chez M. et Mme Sarmène, des gens très pieux qui inspiraient confiance à mes parents. Eux aussi avaient une famille nombreuse dans laquelle je me sentais comme parmi les miens : trois garçons et deux filles, mais bien plus grandes que moi. Ce que mes parents n'avaient pas prévu, c'est qu'une de ces filles s'occupait de l'Association de Foucault, autrement dit du patronage. Mais attention ! Il ne s'agissait pas seulement d'un patronage à l'ancienne, avec kermesse, petits jeux et travaux d'aiguille ! Au programme : sport, musique, chant choral et théâtre ! La totale, comme on dirait aujourd'hui.

Un beau jour, la jeune fille en question est venue me demander de remplacer quelqu'un dans le rôle d'une petite fille.

« Dis donc, Martoune, toi qui as l'air d'aimer ça, ça te dirait de monter sur les planches ?

– Tu parles ! »

C'est comme ça que j'ai rencontré le fameux curé dont je parlais un peu plus haut. Le curé Répéticci. Un homme très en avance sur son temps, très dynamique malgré sa barbe blanche, qui animait avec brio et passion les différentes activités de l'association. C'est là que j'ai fait mes toutes premières expériences de comédienne. Dès qu'il y avait un rôle d'enfant à jouer, c'était pour moi. Jusqu'à l'âge de dix ans bien sonnés, je m'en suis donné à cœur joie, avec la bénédiction de mes parents qui se disaient : « Bon, d'accord, elle fait l'actrice, mais ça se passe chez le curé, donc elle est bien encadrée, bien surveillée. »

En somme, les Villalonga étaient rassurés. Leur Toutoune pouvait s'éclater sans souci.

Mais le sommet de l' « éclatement » est venu plus tard, à l'adolescence, lorsque, à la fin de mes études musicales, j'ai obtenu le prix de virtuosité avec les félicitations du jury. C'était le prix le plus important, celui qui a clôturé en beauté mes études musicales.

Ma mère ne s'est pas répandue en compliments, pourtant je savais qu'elle était folle de joie. Elle a juste dit : « C'est bien, ma fille. » Et puis aussi : « Qu'est-ce qui te ferait plaisir? Demande-moi ce que tu veux. Je te l'accorde. »

Je n'ai pas réfléchi bien longtemps. On était en juillet, à la veille des grandes fêtes de Maison-Carrée, des fêtes superbes qui attiraient d'ailleurs un monde fou; alors j'ai demandé : « Maman, je voudrais aller au bal pendant les trois jours de fête.

– C'est d'accord. »

Mon père, lui, n'était pas très chaud. Il avait dû oublier que, lorsqu'il était plus jeune, la danse, il adorait ça. Du reste, c'était un danseur hors pair. Je l'ai vu à l'œuvre peut-être une fois ou deux : on aurait dit un papillon. Toujours est-il qu'au moment où nous allions entrer au bal, il s'est pointé, mine de rien, pour donner son avis.

« Qu'est-ce que tu fais là? a dit maman. Tu nous surveilles?

– Non... Mais tu vas quand même pas aller danser avec ceux-là? C'est que des gavatchos là-dedans! »

Ils voyaient des gavatchos, des fourachaux, autrement dit des bons à rien, partout. En fait, il ne voulait pas voir sa fille dans les bras de qui que ce soit!

« Toi, a dit maman, on ne t'a rien demandé! Va faire un tour et fiche, nous la paix. »

Moralité : comme ce fameux bal a duré trois jours consécutifs, j'en ai fait l'ouverture et la fermeture trois soirs de suite, sous le regard exténué de ma pauvre mère qui, bien entendu, ne m'aurait jamais laissée guincher sans surveillance.

Au début, je me suis contentée de repérer les bons danseurs en priant le bon Dieu que celui-ci ou celui-là vienne m'inviter. Je n'ai pas prié longtemps. Mais il ne fallait pas que je danse toujours avec le même parce que Thérèse veillait au grain.

« Pourquoi il revient t'inviter celui-là ? Tu vas pas toujours danser avec le même. Ça la fiche mal. »

En vérité, ça n'allait jamais bien. Un coup, elle le trouvait trop gros, trop petit, trop moche, et je crois bien que, même si je lui avais amené Apollon en personne, ça n'aurait pas été non plus. Quant à moi, je ne me préoccupais pas de savoir si mes cavaliers étaient comme ceci ou comme cela, je voulais seulement qu'ils dansent bien. Aujourd'hui encore, dès que j'en ai l'occasion (trop rare à mon goût), je ne me prive pas. Tango, valse, rumba, paso doble et rock'n'roll, tout est bon !

Cela dit, à dix-huit ans, j'avais quand même mon type d'homme : genre beau gosse, grand et athlétique, tout à fait dans le style du joueur de basket dont j'ai parlé plus haut. Mais mon père m'avait prévenue, une fois, une seule, et ça m'avait suffi : « Si tu me fais perdre la figure, je te tue ! » On ne pouvait pas être plus clair...

C'était comme ça la vie, là-bas, à Maison-Carrée, sous le grand soleil de l'Algérie encore française... Plus pour longtemps, sauf dans le cœur de ceux qui s'y sont enracinés dès la fin du XIXe siècle et qui n'y reposent peut-être pas en paix : Marie et Cyr de Martino, mes grands-parents maternels, italiens de Naples et de Gênes, cordonniers puis épiciers et qui finalement ont réussi à ouvrir un cinéma avant de se retirer dans leur chère Campagne Victoria; Bernard Villalonga, mon grand-père paternel, de vieille souche espagnole, Palma de Majorque pour être précise, pourvu d'un noble et antique blason, puisque j'ai les armes ducales de la famille, et son épouse Marthe, la seule Française du clan, qui sont devenus de modestes propriétaires terriens.

En ce temps-là, le mien, les jours filaient sans arrière-pensées. Il y avait beaucoup d'innocence dans l'air et sans doute beaucoup d'inconscience aussi. Le soleil était notre père à tous, et sous le soleil les filles de ma génération étaient sages et obéissantes. Ça laisse des traces. Des bonnes et des moins bonnes, surtout quand il s'agit de vivre sa vie ou d'aller au bout de ses amours... Le spectre de ce qui se fait et de ce qui ne se fait pas m'a harcelée longtemps. Aujourd'hui, je m'en balance; mais c'est aujourd'hui. Entre-temps, l'eau a passé sous les ponts.

A moi, on m'a dit :

« Fais du piano ! » et j'ai fait du piano sans rechigner. Même pour le solfège, je n'y suis pas allée à reculons; pourtant, j'avais horreur de ça. Pire que les maths !

« Ne prends pas le bus toute seule ! » Et j'attendais le dimanche soir pour aller, en voiture, avec mes parents, comme dans la chanson de Michel Jonasz, manger une glace au bord de la mer, chez Grosoli, le Fauchon d'Alger. C'était la sortie de la semaine.

« Ne va pas te baigner sans nous ! » et j'ai attendu d'avoir quatorze ou quinze ans pour faire mes premières brasses sous l'œil vigilant de Moho, un copain arabe qui m'a appris à plonger. Mais, à partir de là, plus personne n'a pu me retenir !

A Jean-Bart, le petit port de pêche où la famille possédait un cabanon, j'ai rencontré la mer, et la mer est restée mon grand amour. Jean Bart, le marin, le corsaire, l'officier de la flotte royale, a fait de moi un petit poisson. Je le suis restée. Telle que vous me voyez, bien des années plus tard et avec quelques kilos superflus, je nage encore comme une championne. Normal : je suis née sous le signe de l'eau. C'est mon élément. A l'inverse, l'altitude me procure une bizarre sensation... d'ébriété ! Mais oui. Les quelques fois, pas très nombreuses, où je suis allée à Chréa, station située au-dessus de Blida, à quelque mille deux cents mètres (pas pour faire du ski, inutile de le préciser, juste pour prendre l'air), eh bien, je n'ai pas arrêté de rigoler.

Il faut dire que le spectacle de ma chère tata Lélé et de ma cousine Annie, en anoraks jaunes, confectionnés par mon oncle, tonton Bébert, dans de la toile de dinghy, n'était pas triste. On les avait baptisées les Crush, du nom d'une boisson gazeuse qui faisait fureur à l'époque. Une fois, ma tante a déchiré son pantalon en glissant sur les pentes, et, rien que de voir son caleçon en dessous, je me suis fendu la pêche. Une autre fois, elle est tombée dans le tas d'oranges que les Arabes ont coutume d'installer en bas des pistes pour que les skieurs puissent se rafraîchir. Quand je l'ai vue, jambes en l'air, dans son anorak jaune pétant au beau milieu des oranges, ça m'a donné un fou rire mémorable. Bref, la montagne me rend pompette.

Pour en revenir à Jean-Bart, ce petit village adorable où j'ai passé les meilleurs moments de ma jeunesse, disons-le tout net, c'était un bijou. Quelques cabanons très simples, perchés à flanc de colline mais dans un site exceptionnel, les pieds dans l'eau. Les mots me manquent pour décrire la beauté naturelle de cet endroit, le bleu impeccable du ciel, l'incroyable clarté de la mer dont on voyait le fond... Il n'y avait pas de plage, juste un cordon de sable au bord d'une crique rocheuse ouverte sur la Méditerranée. Et puis, quelle ambiance, quelle convivialité au sein des quelques familles, d'origine catalane, bordelaise ou bretonne pour la plupart, qui habitaient là et que nous connaissions de toute éternité ! Les Kermarec, Kersuzon, Kergomar s'étaient implantés à cet endroit parce que ça leur rappelait la Bretagne... Qu'est-ce qu'on a pu se bidonner !

Dans la cour d'un restaurant mitoyen de notre maison qui servait à la fois de parking et de boulodrome, il y avait, une fois par semaine, des séances de cinéma en plein air. Le patron du ciné, estimant (à tort) que nous étions aux premières loges pour voir les films car à peine un muret nous séparait de lui, nous demandait de n'inviter personne pour ne pas le priver de sa clientèle. On ne risquait pas de lancer des invitations vu que, pour assister aux séances dans les meilleures conditions, nous, les enfants, on était obligés de grimper dans le figuier ! Si nous étions trois ou quatre, assis en équilibre instable sur les plus hautes branches : mes cousines, Annie et Liliane, et mes cousins, Jeannot et Jacky, c'était le grand maximum ! En général au moment le plus captivant du film, le camion de DDT passait tout autour du village en pulvérisant ses fichues vapeurs insecticides, ce qui fait que nous les recevions en pleine poire à tous les coups ! On avait intérêt à s'accrocher aux branches pour ne pas tomber par terre avec les moustiques ! La même scène se répétait un peu plus haut, dans la cour d'un autre restaurant, où, là, certains spectateurs arrivaient avec leur chaise longue et leur couverture pour se protéger du vent d'est (le mistral ou la tramontane de chez nous) qui, d'ailleurs, couvrait la moitié des dialogues. Cela ne dérangeait pas trop les jeunes. Ils en profitaient pour fricoter dans les escaliers... Sauf moi, bien entendu !

Malgré ces petits inconvénients, on s'est quand même extasiés sur plus d'un film, dont *Riz amer*, avec la sculpturale Silvana Mangano... Dès le lendemain, tous les garçons du coin roulaient des mécaniques comme Raf Vallone, et nous, les filles, on arborait des shorts drôlement raccourcis et légèrement fendus sur les côtés !

Inutile de dire que ce n'est pas dans cette tenue que j'allais tous les matins, pendant les vacances, faire mes gammes chez des amis, les Teuma, qui avaient un piano et habitaient une superbe maison mauresque sur la colline, la plus belle de tout le village. Comme quoi, même en vacances, il n'y a pas de repos pour les braves !

Jean-Bart, c'était vraiment le temps des bêtises de l'enfance.

Il y avait deux épiciers dans le village, concurrents, certes, mais aussi bons amis. Le premier possédait une belle glacière toute neuve, et le second, une vieille glacière, très moche. Toutes les deux étaient exposées sur le trottoir comme c'est la coutume là-bas. Une nuit, on les a inversées. Je ne vous raconte pas le scandale le lendemain matin ! Quant à la retraite aux flambeaux, on devait être moins d'une dizaine à la suivre, à la queue leu leu, avec nos roseaux coiffés d'un petit lampion. C'était tellement maigrichon comme défilé qu'il n'y avait que les vieux, assis devant leur maison, pour nous regarder passer et nous applaudir !

Le dimanche, on mangeait en famille dans le garage du cabanon. Nous étions bien une vingtaine à chaque fois : oncles, tantes, cousins, amis. Ma mère installait des tréteaux, des bancs, et se mettait en cuisine. Le plus souvent, elle faisait cuire le mérou que mon père avait pêché la veille, en haute mer, sur son pointu, avec Mitouche, son vieux copain arabe. La pêche, dont pas mal de familles vivaient, les Costa, les Rossi pour ne citer qu'eux, était la première activité du petit port.

Le mérou, à la chair dense, était un plat de roi. Débité en tranches et accompagné d'un bon aïoli bien relevé, il y avait de quoi se pourlécher les babines ! En entrée, on se tapait tout simplement une grosse bourriche d'oursins que le père de Moho était allé ramasser le matin même. Bref, Zizou faisait bien les choses, sauf pour le couvert qu'elle dressait toujours avec des assiettes dépareillées sous prétexte qu'on était en vacances, qu'elle n'avait que ça sous la main et que de toute façon ça faisait moins mal au cœur d'en ébrécher une vieille qu'une neuve.

Un dimanche, au dessert, un de mes oncles, un peu pompette et malicieux, en a cassé une.

« Oh ! Elle m'a glissé des mains ! » a-t-il dit pour s'excuser.

Sur ce, au bout de la table, un autre a fait de même.

Ce fut le signal du plus beau feu d'artifice de vaisselle cassée que j'ai vu de ma vie ! Tout le monde s'y est mis. Paf d'un côté ! Paf de l'autre ! Ça claquait dans tous les coins, tant et si bien que les gens du village sont venus assister au spectacle.

« Ils sont un peu frappés dans cette famille ! »

Un jeune fumeur de pipe qui passait par là s'est invité à la fête en disant : « Puisque j'ai rien à casser, tiens, je vais casser ma pipe ! » Et il le fit, dans l'hilarité générale. Zizou n'était pas en reste. Pliée en deux, je crois bien que, ce jour-là, elle en a fait pipi dans sa culotte. Mais, à partir de là, nous avons mangé dans de la vaisselle correcte et bien assortie, pour le plus grand plaisir de ma tante Lélé.

Ah ! Jean-Bart ! C'est mon souvenir d'enfance le plus lumineux, le plus gai, le plus éducatif aussi, car c'est là, à l'heure de la sieste, dans l'ombre bleue de notre vieux figuier, que j'ai appris à broder, à faire des jours, des points de croix, à tirer l'aiguille inlassablement jusqu'à aujourd'hui. Les couseuses avaient toutes des diminutifs : Zizou, Loulou, Lélé... et Toutoune.

Je crois bien que c'était le paradis sur la terre. En tout cas, le mien.

La belle famille

Amis lecteurs, je vous vois venir ! Ce titre de chapitre vous alerte peut-être... « Ah, enfin, la Villalonga va se lâcher ! »

Autant vous le dire tout de suite, vous vous trompez ! Je n'ai pas l'intention de vous parler de mon beau-père, de ma belle-mère, de mes beaux-frères ou belles-sœurs. Que nenni, comme dirait Molière ! Car en ce qui me concerne et selon une expression qui résume bien la situation, je me suis mariée derrière l'église, sans curé, sans témoins, sans marche nuptiale et sans bedeau ! En catimini, en douce, mais – attention ! – pour la vie !

Si mes parents me voient de là où ils sont, ils peuvent se dire que leur éducation à l'ancienne m'a suivie (et même poursuivie !) tout au long de mes plus belles années.

Gilbert Bécaud, que j'ai beaucoup aimé, chantait : « Y a toujours un côté du mur à l'ombre ». La lumière des projecteurs m'ayant suffi, je me suis cantonnée de ce côté-là, à l'abri des regards indiscrets, une fois pour toutes.

Donc lorsque j'écris « la belle famille », inutile de la chercher ailleurs qu'au théâtre, ailleurs que dans *La Famille Hernandez*, cette pièce fameuse qui m'a apporté tant de joie, d'amour, d'émotion et de succès. C'est d'ailleurs avec elle que je me suis retrouvée une fois à l'Olympia, dans le spectacle de Bécaud justement !

Mais, avant d'en parler longuement, revenons un peu en arrière. Les expériences merveilleuses vécues au patronage avec mon génial curé avaient fait de moi une véritable accro du théâtre et la plus heureuse des gamines jusqu'à la fin de l'école primaire. Les spectacles que nous donnions n'étaient pas très nombreux, en moyenne deux par an, mais c'était suffisant pour faire naître une vocation. L'apprentissage du plateau, les répétitions, les textes à savoir par cœur, tout cela avait consolidé mon penchant inné pour la comédie.

Ma mère a peut-être senti le vent tourner, je ne sais pas, vu que chez nous on ne parlait guère de nos sentiments. On ne se répandait pas, ni en paroles, ni en effusions. Par pudeur. Toujours est-il que, lorsque je suis entrée au lycée à Maison-Carrée, elle m'a dit : « Maintenant, t'arrêtes tes bêtises. A partir d'aujourd'hui, c'est l'école, le piano, l'école, le piano et encore l'école et le piano ! Rien d'autre. »

Je n'ai pas protesté. C'était comme ça. C'était la loi. Alors, en avant toute pour l'école et le piano ! Mais ceci n'empêche pas cela. On peut se soumettre et continuer de penser à autre chose.

Vers l'âge de dix-huit ans, après avoir raflé tous les premiers prix de piano que je pouvais rafler, dont le fameux prix de virtuosité, maman est remontée à l'assaut avec une nouvelle directive : « A présent, tu vas donner des cours. Professeur de piano, c'est très bien pour une fille. » Ça ne m'enchantait pas du tout. Pourquoi pas demoiselle des Postes ? C'était pas mal non plus pour une fille !

J'ai fini par donner les cours que l'on voulait que je donne. A la maison évidemment : ainsi, je restais dans le collimateur de mes parents. Mais il n'était pas question que je fasse ça toute ma vie, même si je le faisais avec beaucoup de sérieux. J'avais dans l'ensemble de bons élèves, qui me donnaient entière satisfaction, mais d'autres aussi, franchement réfractaires au charme de Debussy, Liszt ou Chopin, mes préférés. Ces trois-là me bouleversent. Je les aborde toujours avec beaucoup de modestie, de retenue. Au théâtre, je peux me livrer sans compter, mais au piano je m'efface derrière la partition, peut-être pour ne pas trop dévoiler mes sentiments. J'étais et je suis restée du genre réservé. Si on ne connaissait pas ma bobine, je pourrais fréquenter tous les endroits à la mode sans que personne ne me remarque.

Pour en revenir à ces satanés cours de piano, disons que j'ai eu de la veine : le hasard m'a permis d'agrémenter et d'augmenter cette activité, ô combien pédagogique, avec une autre, plus gratifiante.

Voilà qu'un poste de pianiste accompagnatrice se libère aux beaux-arts d'Alger, dans la classe de danse de Mlle Kett (dite Kikette, ça va de soi !), très sévère mais excellent prof. Je saute dessus (pas sur la Kikette évidemment, sur le poste !), d'abord pour un bref remplacement, puis à plein temps, puisque la même fonction au même moment se libérait au conservatoire. Deux pierres d'un coup.

Je jouais en coulisse, mais là, au moins, je jouais de vrais morceaux et c'était quand même plus exaltant que d'essayer d'apprendre le piano à des gosses qui n'en avaient pas forcément envie. Et puis, comme j'étais devenue une grande fille (enfin presque), je prenais le car toute seule, et quand j'étais un peu en avance, je pouvais me permettre de flâner des beaux-arts au conservatoire, de la place du Gouvernement à la place Bugeaud, sous le soleil de la liberté.

La liberté ! Un bien grand mot quand même pour celle qui piaffait d'impatience en se répétant tous les matins : « Voyons, Marthe, ce n'est pas raisonnable, tu ne vas pas accompagner des petits rats en tutu rose jusqu'à l'âge de la retraite ! »

Le pire, c'est que la liberté, la vraie, je la croisais chaque jour en passant devant les classes de comédie... Elles bruissaient d'animation, d'éclats de voix, de rires ou de cris cornéliens, selon les scènes travaillées en cours. En entendant tout ça je grillais d'envie, je séchais sur place, j'avais la *rabia*, quoi ! Je me disais : « Mon Dieu, quelle chance ils ont ! Ils sont là, tout près, derrière ces portes, et moi je ne suis pas avec eux, c'est affreux, c'est épouvantable ! »

Tellement épouvantable que j'ai fini par m'inscrire, en cachette, sans rien dire à mes parents. Mon premier acte d'indépendance. Déterminant pour la suite.

Comme mon travail de pianiste accompagnatrice me prenait beaucoup de temps, Mlle Marodon, la prof d'art dramatique très sympa, m'a proposé de me prendre en cours individuel, chez elle, une fois par semaine et à des heures qui m'arrangeaient.

C'était trop beau et c'était bien peu pour quelqu'un qui se voyait déjà, non pas en haut de l'affiche, mais en train de jouer toutes les soubrettes du répertoire !

J'ai été vite rassurée. Après avoir bossé sur quelques fables de La Fontaine, elle m'a dit trois ou quatre choses qui m'ont donné la pêche : « Vous avez de l'instinct et du tempérament. Vous bougez bien. Vous êtes rigolote. A mon avis, c'est déjà pas mal. Quant à votre accent, ne vous en préoccupez pas trop. Soignez votre diction et parlez moins vite. Je ne vois pas ce que je pourrais vous dire d'autre. Je vous trouve plutôt au point pour une débutante. Du reste, je vais vous présenter à l'examen de fin d'année. »

Le curé Répéticci aurait été content d'entendre ça !

Je me suis donc mise au boulot avec une belle ardeur. J'avais choisi de travailler une scène de *Madame Sans-Gêne*, celle où elle vient réclamer sa dette à l'empereur, et une scène de Regnard. Mme Nénon, la maman de Jacqueline Fynnaert, aujourd'hui grand professeur de danse, m'avait fait mes costumes, tout comme elle faisait ceux des classes de danse. Ils étaient superbes. Si mes souvenirs sont bons, j'ai dû obtenir un premier accessit à l'unanimité en comédie moderne et un deuxième prix en comédie classique, ce qui était plutôt encourageant pour une élève de première année.

Voilà comment mon nom s'est retrouvé, noir sur blanc, dans le journal, le lendemain de ce fameux examen qui avait eu lieu en public à l'opéra d'Alger, excusez du peu !

« C'est toi ? » a demandé ma mère en me montrant le journal.

Mon père n'a rien dit, mais il n'en pensait pas moins.

« C'est moi », j'ai répondu.

Silence. Et puis la question cruciale : « Qu'est-ce que tu comptes faire ? »

Tout s'est probablement joué à cet instant-là. A la croisée de nos volontés réciproques. Je savais que ni l'un ni l'autre n'exploseraient, ce n'était pas leur genre. J'étais leur trésor, leur soleil (maman avait perdu deux enfants avant moi ; ceci explique cela). Je craignais simplement de leur faire de la peine. C'étaient des parents adorables qui ne voulaient que mon bien et qui voyaient toujours en moi l'enfant que j'avais été, une petite fille docile, pas contrariante. Ce que je craignais le plus, c'était qu'ils me serinent encore une fois tout ce qu'ils m'avaient déjà seriné à propos de ce métier qui, pour eux, n'en était pas un.

« Le théâtre, c'est de la rigolade. »

« C'est pas un boulot convenable. »

« Tu vas finir les jambes en l'air. »

Barka !

C'est à cause de tout ça que j'ai toujours refusé de suivre ceux et celles qui, dans la bande du conservatoire, filaient en France pour tenter leur chance.

« Viens avec nous, Marthe ! Tu vas travailler. C'est sûr.

– Je ne peux pas. Mes parents ne me laisseront jamais partir. »

Les plus acharnés à me convaincre, mes vieux amis, Francis Nani, Christian Azopardi, Jean-Claude de Goros et Guy Michel, je les ai retrouvés bien plus tard, à Paris. Les deux premiers... dans la restauration, et le dernier, qui nous a quittés, hélas, à la Comédie-Française. Quant à de Goros, on s'est retrouvés à plusieurs reprises dans les films d'Arcady.

Pour le moment, nous sommes encore en 1956, un an après l'instauration de l'état d'urgence, à l'époque où la France assurait le quadrillage armé du territoire et rétablissait peu à peu un semblant d'ordre dans les grandes villes. Autant dire que le soleil ne brillait plus de la même façon et que, pour ces jeunes, le temps des grands départs avait déjà sonné. Pas pour moi. Pas pour nous.

De la même façon que mes parents tenaient bon face à la montée des événements, moi, ce jour-là, devant eux, j'ai tenu bon aussi. Je leur ai fait remarquer que mes cours de comédie n'avaient jamais empiété sur mon travail, que tout le monde était content de moi et qu'il n'y avait donc pas de raison qu'ils ne le soient pas, eux aussi. Dans le genre diplomate, j'ai rarement fait mieux !

Comme maman se taisait, ébranlée par mes arguments, j'en ai profité pour conclure d'une voix résolue : « Alors, je continue. »

Ce que je ne savais pas encore, c'est que le jour de l'examen il y avait dans la salle Geneviève Baïlac, la directrice du centre régional d'art dramatique (le CRAD). Cette petite compagnie marchait très bien et elle proposait souvent des gens à elle pour jouer de petits rôles dans les troupes officielles qui passaient à Alger. Geneviève Baïlac a dû me remarquer et se souvenir de moi puisque, lorsqu'elle a monté *La Famille Hernandez*, elle est venue me chercher.

« Ça vous dirait de participer à l'aventure ? C'est une pièce un peu dans le style de la commedia dell'arte, basée sur l'improvisation. Chaque acteur peut, à partir de thèmes établis, donner libre cours à sa fantaisie, à son imagination. On rit, on chante, on danse. Une espèce de *Fourberies de Scapin* à la méditerranéenne. C'est l'inspiration populaire qui va nous guider tous : Français, Juifs, Espagnols, Arabes, Italiens... Il y a un rôle de grosse bonne femme à une fenêtre, Mme Sintès, une marrante, une pipelette. Mais il faudra vous vieillir, vous grossir, parce que le personnage doit avoir dans les quarante-cinq ans. Cela ne vous dérange pas au moins ? »

Me déranger ? Mais j'aurais joué une centenaire si elle me l'avait demandé ! Une idiote ! Une muette !

Une restriction cependant : « Je ne pourrai pas répéter souvent parce que j'ai mon travail au conservatoire.

– On répétera le samedi.

– D'accord, mais pas trop tard parce que mes parents ne sont pas au courant. »

On ne se refait pas !

Pour organiser tout ça, j'ai été obligée de tricher un peu sur mon emploi du temps et sur l'horaire des cars qui me ramenaient à Maison-Carrée, mais tout s'est bien passé. Mes parents me croyaient au piano, et moi je répétais comme une folle, dans une ambiance pleine de créativité, de verve, de gaieté, de camaraderie. Un bain de bonheur et de musique aussi, puisque notre trio de musiciens et de frères, les Alcarson (qui plus tard ont travaillé avec Trenet, Devos, Lamoureux, Amont), nous emportait tous dans un tourbillon de mélodies.

Quant aux personnages, ils s'imposaient au fur et à mesure de l'action, les scènes venaient d'elles-mêmes, le canevas initial s'étoffait un peu tous les jours, la troupe aussi. Bientôt, on a été une vingtaine à grouiller, vociférer, pouffer et chanter sur le plateau. Guitares, castagnettes et mélopées... On était au cœur de l'action, au cœur de Bab-el-Oued, sous le soleil.

L'atmosphère à ce moment-là en Algérie était confuse mais relativement calme. Le FLN ne s'était pas encore autoproclamé gouvernement provisoire de la République algérienne, et on était encore loin de la déclaration solennelle de celui que nous appelions entre nous « la grande Zora ». Vous voyez qui je veux dire ?

En fait, on croyait dur comme fer que les choses allaient se tasser. Bien sûr, il y avait pas mal d'électricité dans l'air, des anicroches, des incidents, mais de là à penser que notre histoire allait tourner court, il y avait de la marge ! Nous, les jeunes, on était gonflés à bloc, optimistes, fédérateurs et tellement proches du peuple algérien, auprès duquel on avait grandi, nagé, joué, qu'il nous était impossible de voir la situation en noir. De plus, le théâtre accaparait notre vie, en tout cas la mienne. Il la faisait palpiter. Le reste appartenait à un monde inconnu, rempli de bruit et de fureur, comme dirait Shakespeare.

Et puis voilà qu'un beau jour la grande nouvelle explose : on nous annonce subitement que *La Famille Hernandez* est attendue à Paris pour trois semaines de représentations ! Paris ! La cerise sur le gâteau, le beurre, l'argent du beurre et les lolos de la crémière par-dessus le marché !

On a toujours eu un peu le complexe de la province chez nous. Au loin, Paris brillait de tous ses feux. Pourtant, du conservatoire d'Alger sont sortis de très grands artistes : Irène Jaumillot, Andrée Esposito, Albert Dagnan (le père de Josée Dayan), qui ont fait de brillantes carrières au Palais Garnier. D'ailleurs, je tiens à souligner que la communauté pied-noir a donné de grands noms dans tous les domaines. Des artistes comme Annie Fratellini, Françoise Fabian, Frida Boccara, Yves Vincent, des écrivains comme Camus (prix Nobel), Emmanuel Roblès, des médecins comme le Pr Maurice Tubiana, des sportifs comme Louis Acariès, Patrice Dominguez, des sculpteurs comme

Paul Belmondo, des humoristes, des danseurs, des chefs d'entreprise, des journalistes... Bref, une multitude de gens de talent dont je ne peux pas dresser la liste, tellement elle serait longue. Que ceux que je n'ai pas nommés m'en excusent. Mention spéciale à Alain Mimoun, dont les performances ont été saluées, d'un même élan, par l'Algérie et par la France. D'autres aussi ont fait leurs preuves, mais sans jamais dire qu'ils étaient pieds-noirs. Au mieux des cachottiers, au pire des honteux.

N'empêche que le vieux complexe de la province nous tenaillait toujours et que Paris restait le juge-arbitre absolu, le passage obligé, la sanction. Ça doit être probablement la même chose pour un comédien américain qui habite Santa Fe et se voit propulsé à Hollywood du jour au lendemain.

Bien entendu, pour moi, ce départ vers la métropole fut plus compliqué que pour les autres. Comment annoncer la chose à mes parents ? Comment leur dire : « Je suis majeure. Après tout, je peux faire ce que je veux. Donc, je m'en vais de ce pas jouer *La Famille Hernandez* en France » ? Ces mots-là, dans ma bouche, c'était inimaginable !

Vu avec les yeux d'aujourd'hui, mon dilemme paraît sans doute exagéré et ridicule, mais en ce temps-là...

J'en avais déjà tellement entendu ! « C'est qui çui-là ? Je l'aime pas. Et celle-là ? Elle me plaît pas. C'est quoi cette surprise-partie ? Où tu vas ? Avec qui ? A quelle heure tu rentres ? » J'en passe !

Heureusement, M. Gontran Dessagnes, mon ex-professeur de piano, devenu directeur du conservatoire, m'a aidée à dénouer la situation. Il m'a dit : « Je sais que vous aimez le théâtre bien plus que le piano. Alors, n'hésitez pas. Suivez votre voie. Et si vos parents ne sont pas d'accord, dites-leur de m'appeler. »

J'ai commencé par ça parce que le reste n'arrivait pas à sortir.

« Pourquoi faut-il que je l'appelle ? » a demandé maman, intriguée et flattée aussi car elle admirait beaucoup ce professeur. Il faut dire qu'avec son immense front dégarni, il en imposait. On aurait dit Victor Hugo.

Je ne sais pas ce qu'ils se sont dit au juste, mais je l'imagine. « Laissez-la partir. Trois semaines, c'est vite passé. Je lui trouverai un remplaçant, mais je vous garantis que, quand elle reviendra, elle retrouvera sa place au conservatoire. *(Ça, c'était un argument de poids !)* Le jeu en vaut la chandelle, croyez-moi. Il faut que le public français voie cette pièce pour qu'il comprenne comment nous vivons ici, tous ensemble, dans le respect et l'estime les uns des autres. Cela peut servir la cause des pieds-noirs, apaiser les esprits, nous rendre l'espoir.

– Bien sûr, monsieur, a dit maman, c'est d'accord. »

Mon père, lui, n'a rien dit parce que, dans ce genre d'histoire, c'était Thérèse qui menait la barque. J'ai su par la suite que mon départ leur avait fait de la peine, mais ils ne me l'ont jamais montré. Je crois que ce qui leur a permis finalement de me laisser faire ce métier, c'est la confiance qu'ils avaient en moi. Mon père savait bien que je ne lui ferais jamais « perdre la figure », pas plus à Paris qu'à Maison-Carrée.

Restait à organiser mon départ au mieux, sans léser personne, en particulier mes petits élèves. Michel Costa, un de mes anciens profs, qui avait pris entre-temps la suite de M. Dessagne, a gentiment proposé de s'en occuper jusqu'à mon éventuel retour. Merci, monsieur.

Tout était clair, bien à sa place, sauf peut-être mon petit cœur qui faisait des bonds dans ma poitrine. Il en faisait d'ailleurs plus que de raison, car dans mes bagages je n'emportais pas qu'un seul amour... Qui m'aime me suive, comme dit le proverbe.

Et vogue la galère ! Que dis-je, la galère ? Le paquebot, oui, le vaisseau amiral !

Voilà comment je suis partie, sans songer une seule seconde que ce départ en préfigurait un autre, plus radical.

En fait, j'ai bouclé mes bagages sans appréhension, sans arrière-pensée, sans mélancolie, comme quelqu'un qui vient de signer son premier contrat et s'en va faire son métier, tout simplement. Pas d'idées noires, aucun sentiment de rupture, de déchirement, rien que le pincement au cœur de la fille unique quittant sa famille pour la première fois de sa vie.

La façon dont je voyais les choses n'avait rien de dramatique. Je me disais : « C'est pas compliqué. Je pars de France pour aller jouer en France. Où est le problème puisqu'on est tous français, de Dunkerque à Tamanrasset ? Si mon engagement est prolongé ou si, par chance, j'en trouve d'autres, je reviendrai chez moi pour les vacances. »

Je fonctionnais comme une étudiante corse qui va faire ses études sur le continent et retourne voir les siens entre deux examens. Dire que j'étais jeune, c'est peu dire, vu ma candeur et mon inexpérience. Jeune, enthousiaste, amoureuse, libre enfin de goûter les plaisirs de la vie sans culpabiliser à mort, et surtout libre de faire pleinement le métier que j'avais choisi. C'est ce qui comptait plus que tout. Plus que les dîners aux Halles avec les copains, les soirées tardives, les virées dans les cabarets où je pouvais danser tout mon content, et même plus encore que les balades romantiques au bord de la Seine, les séances de cinéma sur les Champs ou les petits soupers en tête à tête... Ce qui l'emportait sur tout le reste, et pourtant Dieu sait si le reste fut en tout point magnifique, c'étaient d'abord les rafales de rires qui montaient du public chaque soir, les applaudissements, l'adhésion de la critique, le mouvement unanime de sympathie créé autour de la pièce et le sentiment profond de faire du bon travail, n'en déplaise aux pisse-froid.

J'ai toujours pensé que le divertissement (qui n'a pas forcément la caution des intellectuels, il faut bien le dire !) n'est pas un art mineur, de même que la chanson populaire ne l'est pas non plus par rapport à la grande musique. Je sais de quoi je parle. Cette hiérarchie n'existe pas. Il y a seulement de la bonne et de la mauvaise musique, du bon et du mauvais théâtre. Le public s'y retrouve. Notre triomphe parisien nous l'a prouvé. Pour une fois, la souris avait accouché d'une montagne.

Avec *La Famille Hernandez*, nous avons fait un tabac, un malheur. Le public s'est emballé pour ce spectacle plein de fantaisie et de fraîcheur, conçu et réalisé dans la joie, plein d'inventions, de répliques percutantes, plus vraies que nature, mélange de sabir et de pataouète, le tout rehaussé par notre inégalable accent.

Qui l'eût cru ? comme dirait Chimène. Qui, au départ de l'aventure, aurait pu prédire qu'en cette période troublée les gens seraient à ce point enthousiasmés par cette œuvre collective, importée de Bab-el-Oued et véritable reflet de notre vie en Algérie ? Il faut croire que tous les personnages, avec leurs petits métiers, leurs petites histoires, leurs petites disputes chauffées à blanc par le soleil et les anisettes, avaient fait mouche dans le cœur des spectateurs.

Quant à nous, les comédiens, on se régalait, pire que des poulains lâchés dans un pré ! Et vas-y que je t'engueule, et vas-y que je te tombe dans les bras, et vas-y que je te paye le coup ! Et ça continuait en coulisse. C'était une représentation perpétuelle.

Geneviève Baïlac, notre metteur en scène, avait su orchestrer tout ça en nous donnant l'impression de nous laisser la bride sur le cou. En fait, le spectacle était une horlogerie bien huilée et très surveillée. Tous les soirs, elle était dans la salle et prenait des notes qu'elle nous communiquait après la représentation.

Le lendemain de la première, au mois de septembre 1957, Jean-Jacques Gautier, qui faisait la pluie et le beau temps à l'époque, nous a gratifiés d'une demi-page dithyrambique dans *Le Figaro*. Je cite : « On claque des mains, on trépigne, on brûle les planches. La verve jaillit, le comique fuse, tout regorge de vie, vibre de couleurs, entraîne par son rythme, rajeunit par sa fraîcheur... » C'était gagné !

Comme prévu, on a fait nos trois semaines au théâtre de Rochefort (devenu depuis le théâtre Tristan-Bernard) et puis... rebelote !

Mme Berriau, qui tenait le théâtre Antoine et qui était venue voir la pièce (d'ailleurs qui ne l'avait pas vue ?), nous a pris chez elle immédiatement après. Le Tout-Paris a défilé dans la salle.

Je n'ai fait ni une ni deux, j'ai appelé mes parents. Et cette fois, j'ai été plutôt catégorique. Faire son métier, ça donne du courage.

« Je vous préviens : je vais revenir à Alger en coup de vent, juste pour régler l'histoire de mon remplacement au conservatoire. Mais je ne resterai pas. On est engagés ailleurs. Ça marche très fort.

– D'accord, mais pour combien de temps ? a demandé maman avec sa prudence naturelle. Si ça se trouve, ça va pas durer...

– Ça durera ce que ça durera. »

Quant à ma vie personnelle : silence radio. Je ne dis rien, on ne me dit rien. Et c'est resté comme ça.

Après le théâtre Antoine, nous sommes partis en tournée en Corse, à Londres où le *Times* nous a pondu un papier superbe, en Suisse, à Bruxelles à l'occasion de l'exposition internationale, puis nous avons repris la pièce à Paris au Gymnase.

Comme notre succès avait retenti par-delà la Méditerranée, il était normal d'aller en Algérie, où tout le monde nous réclamait. Notre arrivée à l'aéroport de Maison-Blanche n'est d'ailleurs pas passée inaperçue ! Radios, télés, fanfare et, en prime, ministres, notables, le gratin du gratin ! Nous avons fait un assez long périple dans tout l'Algérois, l'Oranais, le Constantinois, jusqu'à la frontière marocaine, à un moment où ça chauffait pas mal et où il fallait remonter le moral des troupes. Nous avons joué pour les appelés dans le bled, pour nos compatriotes dans quelques grandes villes, et à Alger bien sûr, salle Borde, pour un public enthousiaste et pour mes parents qui ont découvert la pièce à ce moment-là. Que d'émotion ! Ce fut mon deuxième retour au pays. Le troisième et dernier eut lieu en 1963, à peine quelques jours de vacances entre deux dates de représentations de *La Purée de nous z'ôtres*, un autre succès.

Plus rien n'était pareil. Après des années de terreur, l'« exode » de l'été 1962 avait laissé un grand vide. C'est le moins que l'on puisse dire.

Il y a peu, quelqu'un m'a rapporté la confidence d'un vieil Arabe d'Algérie parlant librement, d'homme à homme, avec un Français de passage là-bas. Il lui a dit : « Quand les pieds-noirs sont partis, ils ont beaucoup pleuré, mais nous, on a pleuré autant qu'eux. » Sans commentaire.

Entre nos tournées et nos reprises à Paris, *La Famille Hernandez* a duré trois ans. Trois belles années d'un succès qui ne s'est jamais démenti. Mes parents suivaient de loin tous mes bonheurs, et quand ils recevaient un article élogieux, ma mère le collait dans un cahier d'écolier, une sorte de press-book familial. Le premier et le seul du reste, parce que je ne classe jamais rien.

Malgré la distance, mes parents partageaient toutes mes joies. Sauf une, bien entendu. Discrétion oblige mais aussi crainte de leur déplaire. De toute façon, depuis mon arrivée à Paris, j'avais toujours la trouille de rencontrer un copain de mon père qui me surprenne avec mon amoureux. Au cinéma, dans les restaurants, partout. Du coup, lui et moi (surtout moi), on se tenait à carreau comme deux gamins sous surveillance. Pour les petits bisous dans le cou, vous repasserez ! Dans tous les lieux publics, j'étais sur le qui-vive.

« Attention, si quelqu'un nous voyait !

– Mais qui ? Ils sont à des milliers de kilomètres !

– Oui, mais on ne sait jamais... »

Comprenne qui pourra. Il y a des interdits dont on ne se débarrasse pas si facilement... L'homme de ma vie a vraiment eu beaucoup de patience !

Même loin d'eux, j'avais encore présent à l'esprit le temps des bouffas de ma jeunesse, nos surboums en plein air sur les terrasses de Jean-Bart où les filles venaient chercher leur *novio*, celui qui deviendrait leur fiancé puis leur mari. Mon père passait et repassait sans cesse pour voir un peu ce que je faisais là. C'était très simple : je m'occupais des disques. DJ quoi !

« Mais enfin, papa, pourquoi tu passes ?

– Je ne passe pas, je me promène. »

Mon œil !

Cela dit, j'avais des parents formidables. J'aurais pu leur demander n'importe quoi, ils me l'auraient donné. Sauf la liberté de voir qui je voulais, quand je voulais, de peur, comme on dit chez nous, que je fasse Pâques avant les Rameaux. Ma mère ayant reçu elle aussi une éducation rigide, sans doute bien plus rigide que la mienne, elle reproduisait le même schéma avec moi. J'aurais pu me rebeller, c'est vrai, et, à partir de ma majorité, taper du poing sur la table, car j'ai eu souvent le sentiment de passer à côté de certaines choses bien innocentes qui m'auraient fait rudement plaisir. Mais non. Je pleurais un bon coup et mes larmes emportaient avec elles mon insatisfaction. Jusqu'à la fois suivante.

C'est dire à quel point l'explosion de *La Famille Hernandez* m'a permis de prendre mon envol. Au début, on logeait tous à l'hôtel, ce qui accentuait encore le côté grandes vacances. Après, je me suis débrouillée pour dénicher une chambre de bonne. C'était plus économique. Je joue les cigales en scène, mais, au fond, je suis une fourmi.

Pendant ces trois années, l'ambiance entre nous est restée au beau fixe en dépit des aléas de la vie en communauté, du choc des personnalités et du choc des cultures. C'était génial ! « L'ensemble de la troupe, a dit un jour Geneviève Baïlac, tient beaucoup à ce que les Algériens de toutes les origines voient dans notre succès leur propre triomphe et la puissance de rayonnement de leurs communautés réunies. » C'était le cas.

Chacun avait sa place dans le spectacle, son espace, et, pour jouer les vieilles femmes musulmanes, on avait pris des hommes, puisque la coutume interdisait aux femmes, à l'époque, de paraître en scène.

Tout nous était prétexte à rigoler. Je me souviens du petit Mamy, un lilliputien, qui jouait un écolier dans la pièce. Il était haut comme trois pommes, très vif, très amusant. C'était notre enfant chéri. Notre Tom Pouce.

Un soir, dans un hôtel, où les réservations avaient été mal faites, il s'est mis à rouspéter. Il voulait une chambre et un lit pour lui tout seul. Un des Alcarson lui a dit : « Arrête de râler ! Tu vas l'avoir, ton lit ! » Sur ce, il est allé ouvrir le tiroir d'une commode... et il a couché Mamy à l'intérieur, comme on couche un bébé dans son berceau !

Mamy était aussi blagueur que nous. Il était toujours le premier à se tordre de rire.

Un autre jour, il s'est plaint de ne pas avoir de baignoire dans sa chambre. Un de nous l'a soulevé et l'a déposé dans un bidet. « La voilà ta baignoire ! »

A nouveau, grosse rigolade pour tous !

Mustapha aussi avait beaucoup d'humour. En plus, il était beau comme un dieu. Dans toutes les villes où nous passions, les filles en étaient folles. Quand il a vu qu'il lui suffisait de paraître pour rallier tous les suffrages, il a décrété : « A partir de maintenant, vous m'appellerez Daniel de Beaumont ! C'est plus chic. » Re-rigolade !

On s'est beaucoup revus les uns les autres pendant une période. Et puis, certains sont repartis là-bas, la vie nous a séparés, de corps mais pas de cœur. La mort aussi a fait son œuvre car quelques-uns sont décédés aujourd'hui. Mustapha est resté en France où il s'est marié. On a mangé ensemble il n'y a pas si longtemps.

Lors d'une *Sacrée soirée*, la célèbre émission de Jean-Pierre Foucault dont j'étais l'invitée, j'ai revu Djélloul, un comédien de *La Famille Hernandez* que la production avait eu un mal fou à faire venir à Paris. Après l'émission, on a fait la bombe chez moi avec tous les copains que j'avais réussi à joindre au téléphone. Quel bonheur !

C'est pendant cette émission que l'animateur m'a demandé : « Alors, il paraît que, sur un tournage, vous n'arrêtez pas de tricoter ?

– Oui, ça passe le temps, et puis, à la différence des mots croisés, que j'adore, ça ne m'empêche pas de parler avec les copines, les techniciens, les maquilleuses...

– Et qu'est-ce que vous tricotez ?

– Beaucoup de layette. C'est vite fait et c'est joli. Il doit y avoir une ribambelle d'enfants en Algérie et ailleurs qui ont porté mes petites brassières ! »

A ce moment-là, le rideau de fond de scène s'est ouvert et j'ai vu apparaître une dizaine de gosses, dont le plus âgé devait avoir dix-sept ans, tous vêtus du même chandail ! Le symbole était joli.

Une autre fois, à *Avis de recherche*, chez Patrick Sabatier, j'ai retrouvé ma classe de troisième, certains copains de Jean-Bart et quelques danseuses de la grande classe du conservatoire. J'ai pleuré comme une Madeleine, mais ça m'a fait rudement plaisir.

En parlant de plaisirs, ils ont commencé à se faire de plus en plus rares à la fin de *La Famille Hernandez*, en 1960. Non seulement je ne gagnais pas bézef (comme quoi le succès ne débouche pas à tous les coups sur un début de carrière foudroyant), mais, en plus, les nouvelles en provenance d'Algérie n'étaient pas bonnes du tout.

Pendant nos pérégrinations avec la pièce, nous nous étions tenus au courant de ce qui se passait là-bas. Le courrier, les journaux, rien ne nous échappait. Nous suivions les choses de très près, mais à aucun moment nous n'avons perdu confiance. Dès le 13 mai 1958, « la grande Zora » nous annonçait solennellement qu'elle nous avait compris, et cette phrase réconfortante nous a tenu lieu de viatique.

En ce qui me concerne, je me voyais très bien en train de faire la navette entre la France et l'Algérie jusqu'à la fin de mes jours ! Je raisonnais comme papa qui parlait d'état de crise, d'insurrection. Il ne croyait pas que le fanatisme des uns ou le matraquage idéologique des autres puisse nous obliger à plier bagage.

« Mais t'es complètement fou ! » a-t-il répondu un jour à un de mes oncles qui lui conseillait de vendre le café et d'acheter un petit pied-à-terre en France, au cas où... Une de mes tantes l'avait déjà fait par précaution et l'histoire a prouvé qu'elle avait eu raison de le faire.

Mes parents, eux, voyaient les choses autrement. Quand le doute ou la crainte s'emparait d'eux, ils se disaient :

« Bon, s'il le faut, on fermera le café un certain temps et on ira à la pêche à Jean-Bart. Après, on rouvrira et la vie reprendra son cours. »

En attendant, il fallait traverser des sales moments, comme la bataille d'Alger en février 1957, ou des humiliations, comme cette « paix des braves » proposée par le général de brigade qui dirigeait la France et dont le FLN n'a pas voulu. Semaine des barricades, attentats, putsch militaire et, pour finir, en 1962 les accords d'Evian qui n'ont jamais été respectés, l'exode massif, et l'indépendance ratifiée par référendum.

Mes parents ne sont rentrés qu'en 1963.

La valise ou le cercueil.

Plus jamais

Voilà, c'est dit : Plus jamais. *Nevermore.* Que ce soit en anglais, comme le titre du poème de Verlaine, ou en français, ces deux mots glacent le cœur. Ce sont les pires. Du moins, c'est comme ça que la plupart des gens les perçoivent. « Jamais », ce n'est déjà pas très marrant, mais « plus jamais », c'est la fin de tout !

Pour moi, c'est un peu différent.

Je ne remettrai plus jamais mes pieds (noirs) en Algérie parce que je veux garder intacts tous les beaux souvenirs de là-bas. Je ne veux pas abîmer la mémoire du cœur. Je crains d'avoir à la retoucher. Je préfère qu'elle reste comme elle est : magnifique, inaltérable. La paix de l'enfance, le bonheur d'être née là-bas, les jours sans nuage, toutes ces choses restent au fond de moi comme les preuves indestructibles d'une époque sans pareille.

Franchement, à quoi bon refaire le chemin qui va de la peine à la peine ? de la trahison à la trahison ? de De Gaulle à Messmer ? des fellaghas aux harkis ?

Au sens littéral, les premiers sont des « coupeurs de route » et les seconds des « membres supplétifs de l'armée française en Algérie ». Pour moi, y a pas photo. Entre les coupeurs et les combattants volontaires, je choisis les combattants. Je reviendrai là-dessus un peu plus tard. C'est un sujet qui me tient à cœur.

Quant à l'Algérie, je l'ai trop aimée telle qu'elle était avant pour la retrouver telle qu'elle doit être maintenant. C'est comme pour un amour. Quand, par malheur, on le croise des années après, on est déçu ou malheureux. Le souvenir en est souvent esquinté, quelquefois démoli. Les comparaisons entre hier et aujourd'hui sont toujours risquées. Ce risque inutile, je ne le prendrai pas. Un de mes oncles est retourné là-bas il y a une quinzaine d'années et je lui ai dit : « Tu y vas, c'est très bien, mais, si tu veux me faire plaisir, quand tu reviens, tu ne me parles de rien du tout. »

Lorsque je relis l'histoire de l'Algérie dans un vieux dico des années trente, et que je la compare à celle d'un Larousse récent, j'ai l'impression de voir le même film en deux versions différentes. Les événements sont les mêmes, mais la façon de les raconter est tout autre. Question d'éclairage, de nuance dans le choix des mots. Je ne vais pas me lancer dans un cours d'histoire, ce n'est pas mon rayon, mais j'ai relevé trois ou quatre particularités qui montrent à quel point la façon d'appréhender les choses a changé.

Par exemple, l'arrivée des Phéniciens et l'occupation romaine citées dans la première version apportent au pays, pendant des siècles, une paix et une prospérité dont on parle peu dans la seconde version. Du coup, on ne voit plus l'Antiquité du même œil. Idem pour les personnages célèbres. De pirate, le Turc Barberousse (taliban avant la lettre) devient un libérateur, et Abd el-Kader n'est plus le sultan qui mena la guerre sainte contre les Français, c'est un héros, une figure emblématique du peuple arabe.

Dans la première version, on nous parle sans complexe de la « conquête » du pays tandis que, dans la seconde, il n'est plus question de conquête mais de colonisation, puis de domination totale jusqu'aux confins sahariens en 1857... Enfin, si, dans la première version, on insiste sur la mise en valeur d'une Algérie pacifiée, on ne trouve à ce chapitre dans la seconde version qu'un seul chiffre : 984 000 pieds-noirs. Comme quoi, en édulcorant ceci, en passant sous silence cela, on peut faire dire au passé à peu près tout ce qu'on veut qu'il dise. C'est la meilleure façon de voir midi à sa porte.

Cela étant, et même si je suis quelqu'un qui ne fait pas de bruit, je sais parfaitement où je me situe et je ne le cache pas.

Donc, plus jamais ! Rideau !

Plus jamais Maison-Carrée et l'ombre douce du Café de France. Plus jamais la terrasse où je jouais aux noyaux d'abricot et aux osselets avec les *yaouled*, les petits cireurs de chaussures, ni la voix de maman criant : « Toutoune, Ali, c'est l'heure du goûter ! » Plus jamais le tour du pâté de maisons sur le beau vélo que j'avais reçu à la Noël et qui faisait mon bonheur autant que celui de mes petits copains arabes. Parfois, on s'engueulait eux et moi, et même on se filait des taquets, comme tous les enfants du monde, et puis on se réconciliait autour d'un verre de limonade. Plus jamais cette paix, ces rires, cette douceur de vivre, celle qui régnait à Jean-Bart, face à la mer ou en haut du vieux figuier, notre balcon de cinéma. Plus jamais les glycines et les oiseaux de la Campagne Victoria, et plus jamais Alger, le boulevard de la République, la place du Gouvernement, le port, la pêcherie où j'allais manger des rougets avec papa, la façade du conservatoire, les glaces du dimanche, la présence même furtive des gens de là-bas que je n'ai pas oubliés...

Entre ceux-là et ceux que je rencontre aujourd'hui, à la sortie du théâtre, au restaurant, dans mon quartier, chez mes commerçants, il n'y a pas de différence. C'est toujours la même connivence, le même sourire, le même salut d'amitié.

Des Arabes, des vieux et aussi des jeunes, des ados, me hèlent dans la rue tous les jours :

« Bonjour, Marthe ! Tu vas bien ? »

« Touche-moi la main, Marthe ! »

« Tu sais, Marthe, quand je dirai à ma mère que je t'ai vue en vrai, elle en sera toute retournée. »

L'année dernière, pendant une représentation de *Soins intensifs* au théâtre Saint-Georges, j'ai remarqué trois femmes coiffées d'un foulard, assises au premier rang d'orchestre. Elles arrivaient d'Alger. L'une d'elles m'a glissé un petit mot adorable avec son numéro de téléphone, en me disant : « On est si contentes de vous voir ! » Cela ne s'invente pas.

Et combien de fois ai-je entendu un immigré me dire : « Vous êtes d'où, madame Villalonga ? De Maison-Carrée ? Ah oui, je connais. C'était bien, hein ? Franchement, oui, on peut dire que c'était le bon temps. » Je ne crois pas que ce sont des phrases en l'air, des phrases toutes faites. Il y a des regards, des accents de sincérité qui ne trompent pas.

Je me dis que, pour une centaine de colons accusés d'avoir fait « suer le burnous en Algérie », il y a des milliers de braves gens qui n'ont fait suer personne, si ce n'est eux-mêmes en travaillant tant et plus pour finir leurs jours avec trois fois rien. Qui peut croire que la majorité des pieds-noirs était des esclavagistes ? Que nous vivions comme des pachas sous le nez d'une population arabe misérable et opprimée ? C'est une caricature. La classe aisée ne représentait pas grand-chose en comparaison de la masse des commerçants, des employés, des ouvriers, des médecins, des fonctionnaires, des artisans. Quant à la colonisation, il ne faut pas rêver, ça n'a pas été une promenade touristique ! A part quelques affairistes, quelques aventuriers, les immigrants européens qui risquèrent l'aventure vers 1830 étaient pour la plupart des pauvres bougres, venus des campagnes de l'Italie, de l'Espagne ou de Malte. Et ce qu'ils trouvèrent en arrivant n'avait rien d'un Eldorado. Des terres arides, des marais et des moustiques ! Ils se sont mis au boulot et, cent trente ans plus tard, on a vu la différence : les hôpitaux, les écoles, le développement de l'agriculture, notamment de la vigne, l'industrialisation, les routes, les chemins de fer, les compagnies maritimes... Plutôt positif, le bilan.

Si on me dit bonjour, si on me serre la main, si on vient me voir de si loin avec des mots gentils, c'est que, dans la mémoire des Algériens, le souvenir des pieds-noirs ne doit pas être aussi mauvais qu'on veut bien le dire.

Et puis, il y a partir et partir. L'Algérie, il ne faut pas l'oublier, était une province française. Imaginons un peu que, du jour au lendemain, pour une raison qui dépasse la raison, les gens du Poitou ou du Béarn soient obligés de quitter leur région d'origine ? Ce serait le tollé général !

Nous avons été trompés depuis le début et même après les accords d'Evian, parce que la « protection des personnes et des biens » était un mensonge. La suite des événements nous l'a prouvé. Trompés, roulés dans la farine et abandonnés. C'est ma vérité.

Mes parents sont rentrés en 1963, le cœur brisé et les mains vides. Ils ont tenu le coup jusqu'au dernier moment et c'est seulement parce qu'ils ont été menacés par le FLN qu'ils ont lâché prise. Ce matin-là, un de leurs gars est venu au café avec un comparse. Ils ont discuté entre eux en arabe et, bien sûr, mon père, qui parlait la langue couramment, a tout compris. C'était très simple : l'un des deux gars voulait le Café de France.

« Moi, je reste. Je ne bougerai pas », a dit Nono.

Ensuite, ils ont échangé des mots graves, si graves que mon père a fini par dire à ma mère : « De deux choses l'une : ou je le tue, cet enfoiré, et je finis mes jours en prison, ou tu vas prendre tout de suite nos billets d'avion. »

Maman a d'abord réagi très violemment : « Ah non ! Ça non ! On ne part pas. Je ne veux pas. »

Elle était remontée comme une pendule. Et là, papa a tout de suite trouvé le seul argument qui pouvait la faire changer d'avis. Il lui a dit très calmement : « Alors, je partirai tout seul. »

C'est comme ça qu'ils sont revenus en France, tous les deux, l'un soutenant l'autre un peu comme dans *Le Coup de sirocco*, d'Alexandre Arcady, que j'ai tourné bien des années après.

Toutes ces humiliations, ces blessures qui ont mal cicatrisé n'ont jamais changé ma façon d'être avec les Arabes. Si j'en vois un que l'on prend à partie injustement, je bondis pour prendre sa défense. De même que je soutiens les harkis du mieux que je peux. Ce n'est pas contradictoire. La façon dont on les a traités et dont on les traite encore, ça me fend le cœur. Et ce n'est pas une citation, vous pouvez me croire !

Oubliés par les Français, rejetés par leurs compatriotes, beaucoup sont morts au combat et beaucoup ont été massacrés par le FLN. Pour finir, on les a rapatriés dans des conditions indignes et parqués dans des camps avant de les caser dans des cages à lapins. Triste état des lieux ! Et pourtant, j'en connais qui ont réussi leur intégration de façon magistrale. Je pense à Zizou, bien sûr, mais aussi Jeannette Bougrab, professeur à la Sorbonne, dont un brillant article sur l'Algérie dans *Le Figaro* du mois de janvier 2003 a retenu toute mon attention; Myriam Soloh-Eddine également, qui fut adjointe au maire de Marseille, et Tokia Saïfi, l'actuelle secrétaire d'Etat au développement durable.

Il n'en reste pas moins qu'à la rubrique des injustices et des malheurs en tout genre, il faut rajouter les petits gars du contingent qui ont été sacrifiés, puisqu'en haut lieu on savait que c'était perdu d'avance, les soldats sénégalais qui étaient allés au casse-pipe en 1914 et en 1940, ainsi que quelques grands hommes emprisonnés ou fusillés pour avoir défendu leur honneur de militaire et de patriote.

Les « porteurs de valises », eux, s'en sont très bien tirés.

En ce qui concerne les harkis, personne n'a tenu compte de leur courage, de leur dévouement, de leur fidélité qui ne date pas d'hier puisqu'elle remonte à la Première Guerre mondiale. Heureusement qu'en septembre 2001 le président Chirac a reconnu solennellement avoir « une dette d'honneur envers eux ». J'espère que cela fera avancer les choses en leur faveur. Il serait temps !

Je regrette de m'être engagée à leurs côtés relativement tard; le temps m'a manqué pour le faire plus tôt. Il a fallu galérer et, quand on galère, on pense d'abord à soi, à ses proches. Mais dès l'instant où j'ai commencé à souffler un peu, je me suis impliquée, ponctuellement, dans l'association Jeunes pieds-noirs, qui regroupe à la fois des pieds-noirs et des harkis.

Si mon métier et mes horaires me le permettaient, j'irais à toutes les réunions parce que j'ai une réelle envie de les voir, de parler avec eux.

La dernière fois, je me souviens, c'était à Marseille. Ils avaient confectionné des gâteaux et, derrière leur stand, ils attendaient le chaland. Ils sont venus me dire bonjour et je leur ai demandé si ça marchait comme ils voulaient.

« Pas trop. On n'a pas beaucoup de monde.

– Pas beaucoup de monde ? Bougez pas. J'arrive. »

Je me suis emparée du micro et j'ai commencé à battre le rappel. Je ne me souviens plus de ce que j'ai raconté au juste, mais en très peu temps ils ont tout vendu. Leur joie faisait plaisir à voir.

Et puis, il y a eu le disque que j'ai fait à l'occasion du vingt-cinquième anniversaire du retour des pieds-noirs en France. Daniel Saint-Amont, l'auteur du roman *Le Coup de sirocco*, est venu me proposer un texte magnifique que j'ai enregistré en voix parlée sur une très jolie musique d'ambiance de mon amie Sylvia Canfora-Robin, que j'avais connue aux beaux-arts d'Alger. La première face a été vite bouclée, mais il restait la seconde. On m'a demandé d'y réfléchir. Je me suis souvenue des bouffas de mon adolescence à Jean-Bart, des réflexions que les filles se faisaient entre elles à propos des garçons : « Purée ! Avec la tête qu'il a çui-là, j'irai jamais danser avec lui. » A partir de là, avec un accent à couper au couteau et un petit refrain sympathique, on a fait la chanson.

Ce disque a bien marché et tout le produit de la vente a été redistribué, dans un premier temps, à différentes associations de soutien aux pieds-noirs et aux harkis, puis, un peu plus tard, à une association pour les enfants malades, greffés de la moelle. Il est toujours disponible.

C'est une goutte d'eau dans la mer, je le sais, mais en tout cas cela montre bien que je me range sans complexe auprès d'eux. Moi qui ne suis pas du genre débat, table ronde, défilé, prise de parole, à la télé ou ailleurs, eh bien, je sais que, pour eux, je serais capable de mouiller ma chemise.

En tant que pied-noir, c'est la moindre des choses. Car, ce « titre », je le revendique. Le Provençal dira qu'il est provençal, le Breton qu'il est breton, eh bien, moi, je suis pied-noir. Je n'ai pas défriché les terres, comme les pionniers de jadis, ni planté la vigne, ni foulé le raisin noir, je n'ai jamais porté les guêtres noires des premiers contingents mais, tête haute, je suis et je reste pied-noir. Avec gloire et honneur.

Depuis, j'ai appris que des Indiens de l'Alberta, au Canada, portaient le nom de Pieds-Noirs (*Blackfeet*), comme nous. Eux aussi en ont bavé. A ce propos, c'est sur un plateau de télé que j'ai rencontré celle que j'appelle mon Américaine de Bab-el-Oued, l'amie Pierrette. Elle venait de Philadelphie pour participer à cette émission, consacrée aux mammas, dont j'étais l'invitée d'honneur. Je me suis présentée à elle en lui disant que j'étais une *Blackfoot* et, comme elle l'était aussi, le lien a été créé immédiatement. Depuis, on se revoit ponctuellement. Pierrette est même venue à Lyon, me voir jouer dans *Soins intensifs*.

Lorsque je remplis des papiers administratifs, à la ligne « Lieu de naissance », j'écris systématiquement : Fort-de-l'Eau (Algérie française). On pourra toujours me dire que ma vision des choses est subjective, voire simpliste. Je m'en moque. Je ne suis pas calée en politique. Je parle tout simplement au nom de ce que j'ai vécu et ressenti. Je ne dois pas être la seule dans ce cas-là.

J'ai connu, en Algérie, avant que les extrémistes s'en mêlent (tout a commencé dans l'Aurès, en novembre 1954, la triste « Toussaint rouge »), un temps où il y avait du travail et du pain pour tous. Un temps où les enfants des deux communautés allaient ensemble à l'école sans que cela pose le moindre problème. Un temps où, même dans les grandes fermes, chez les riches colons (une minorité, je le répète), les patrons se levaient aux aurores pour trimer dans les champs avec leurs salariés. L'image du colon arpentant son domaine à cheval, cigare aux lèvres, est un cliché. D'ailleurs, la moitié des exploitations avaient moins de cinquante hectares ! Quant à l'« armée des pauvres » dont on a tant parlé, je ne l'ai jamais croisée, celle-là, mais je savais que les paysans des djebels ou ceux des montagnes de Kabylie vivaient chichement de figues et d'olives. Moi, des sociétés parfaites, je n'en connais pas.

En tout cas, au Café de France, tout le monde fraternisait, rigolait, sans que personne y trouve à redire, ni du côté arabe ni du côté français. Cela allait de soi.

Ce n'était peut-être pas l'idéal, d'accord, mais en tout cas, ce n'était ni l'oppression, ni la haine, ni le malheur. Il restait beaucoup à faire. Entreprendre, innover, améliorer, négocier et, dans nos rangs, peut-être, trier le bon grain de l'ivraie. A ce propos, nous avions déjà mis en place les bases de l'Assemblée algérienne qui devait partager équitablement les pouvoirs entre les Arabes et les Européens, avec, à sa tête, un homme d'envergure le bachaga Boualem. Il aurait fallu aussi résister à l'entêtement d'un homme (toujours le même) et aux pressions venues de l'extérieur, de l'étranger.

Le sens de l'histoire dont on nous rebat les oreilles nous a laminés.

Et maintenant ? Et depuis ?

Ben Bella, Boumedienne, Chadli, Zéroual, Bouteflika, le FIS, la violence, les tensions, le chômage, la peur et le chagrin. Point.

Quand je pense à tout ça, la nostalgie me reprend... Je revois papa et maman, pratiquement sans ressources, hébergés dans un premier temps chez Cyr, le frère de ma mère, du côté de Bordeaux, parce que leur pauvre pécule ne leur permettait pas de se loger et que moi, je n'avais pas les moyens de les faire venir à Paris dans ma chambre de bonne. Doublement exilés, quoi ! Loin de leur pays, loin de leur fille, et aussi loin de leurs vieux amis de Maison-Carrée... Les Zévaco qui tenaient la pharmacie et dont le père a été égorgé avec un de ses fils, les Hadjadj, les Bergonzo, les Cintura, les Teuma, les Botella, les Bomati... Des familles éparpillées dans toutes les directions. Sans repères. Des noms qui portent en eux l'histoire d'un pays.

Tout ce que j'ai pu apporter à mes parents par la suite (ils sont venus vivre avec moi dès que je me suis dégoté un deux pièces convenable grâce à mon ami Guy Bonnet, qui est d'ailleurs devenu mon agent) est arrivé trop tard dans leur vie, après la soixantaine, à un âge où les petites joies n'ont plus la même saveur. Maman est partie en 1970 et papa, cinq ans après. Ils « reposent » (ce n'est peut-être pas le bon mot) au cimetière d'Ivry.

Vu tout le mauvais sang qu'ils se sont fait l'un et l'autre et malgré l'optimisme à tous crins dont je les entourais, ils avaient peu de chances de faire de vieux os ! Minés par le fait d'être à ma charge, blessés dans leur fierté, offensés de ne percevoir qu'une allocation de misère qui, sans mon aide, les aurait envoyés dare-dare en maison de retraite, ils se sont étiolés comme deux pigeons en cage. Enfin, ils étaient tout de même mieux lotis que ceux qui, sans aucune famille pour les accueillir en métropole, se sont retrouvés dans des centres d'hébergement, entassés dans des endroits insalubres, minuscules, ou, pire encore, dans des caves ! On n'imagine même pas le nombre de ceux qui se sont suicidés... Ce n'était pas si facile à l'époque de trouver sa place au sein de la « mère patrie » !...

Leurs tardives indemnités de rapatriement, c'est moi qui les ai touchées. Nono et Zizou avaient tiré leur révérence depuis longtemps lorsqu'elles ont enfin été débloquées !

Comme dirait Fernand Raynaud, cela n'a pas pris un an, trois ans ou dix ans, cela a pris « un certain temps »... Je me console en me disant que ceux qui sont partis de là-bas très jeunes ont eu la chance d'en profiter.

Le décès de mes parents a remué pas mal de choses en moi. J'ai beaucoup repensé à leur vie et à la mienne, à mes frustrations, et j'ai décidé de vivre sans me mettre constamment des panneaux d'interdiction dans la tête. Il n'y a vraiment que la mort qui ne s'arrange pas.

Lorsque je vais à Cannes, dans mon appartement en face de la mer, les jours de grand soleil, j'ai l'impression de voir se dessiner à l'horizon les côtes de l'Algérie. Je me suis installée là parce l'air y est quasiment le même : ardent et léger. Le Midi, c'est un peu comme là-bas. On vit dehors et tout le monde se parle. Les Méridionaux et les pieds-noirs ont pas mal de points communs. D'ailleurs, c'est dans le Sud que la plupart se sont installés et reconstruits.

Sur les rochers où j'ai l'habitude d'aller me faire rôtir au soleil avant de plonger, on lie facilement connaissance. On tchatche aussi et, le soir, on se fait un barbecue en regardant les étoiles qui doivent briller pareil au-dessus de Maison-Carrée...

A Paris, de temps en temps, mais c'est de plus en plus rare, il m'arrive encore de préparer un ragoût de pois chiches, de la polenta, de la tchoutchouka, une sorte de ratatouille sans aubergines, du couscous bien sûr, des bricoles à la mode de chez nous qui, malgré mon savoir-faire, n'auront jamais le goût de la cuisine de maman. Si elle était encore près de moi, elle me dirait sûrement : « Eh ben, dis donc, t'es bien sérieuse aujourd'hui, ma Toutoune ! Qu'est-ce qui t'arrive ? Ce qui est passé est passé. Allez, zou, remue-toi, baisse pas les bras, ça va aller ! »

Elle aurait bien raison. Ce n'est pas mon genre de tourner le fer dans la plaie. Je n'ai jamais tenu la comptabilité des mauvaises choses qui peuvent arriver dans la vie. Cela ne veut pas dire que je les oublie. Je n'ai pas de rancune, mais j'ai de la mémoire. Je me dis que ça devait être comme ça et je vais de l'avant. C'est pareil lorsqu'un projet professionnel ne se réalise pas : *mektoub*, comme on dit chez moi, c'est qu'il ne devait pas se faire ! Et si quelqu'un me fait du mal... *Va fanculo !* J'attends que le boomerang revienne à l'envoyeur.

Pour ce qui est de me démener, je m'y connais ! Un petit boulot par-ci, un autre par-là, j'en ai fait des kilomètres dans Paris ! On peut dire que j'ai bien transpiré aussi, parce qu'au début j'ai eu du mal à me faire au climat. Chaque fois que je mettais le nez dehors, je me couvrais comme pour une expédition polaire ! Heureusement que je suis solide comme un roc ! Mon professeur, René Simon, disait toujours : « Pour faire ce métier, il faut d'abord avoir une bonne santé. » De ce côté-là, je n'ai pas eu à me plaindre.

Mes pérégrinations dans Paris m'ont donné assez vite une image précise de la capitale. Quant au métro, je le connais par cœur. Je le prends toujours du reste, et, bien souvent, il me réserve de bonnes surprises : « Bonjour ! Salut ! Ça marche ? » Un clin d'œil, un petit sourire aimable, une poignée de main, c'est toujours bon à prendre. D'autant que ces marques de sympathie ne sont jamais embarrassantes. J'ai l'impression que le public, le mien en tout cas, me considère comme une parente, une sorte de tatie éloignée. Il a du plaisir à me rencontrer et il me respecte parce que je fais partie de la famille. Je continue chaque jour de m'étonner et de me réjouir des liens qui se sont tissés au fil des ans entre lui et moi.

Je peux dire que si j'ai pas mal couru et beaucoup ramé, du moins jusqu'à ce que mon horizon s'éclaircisse, je ne le regrette pas. Au bout du compte, et malgré les vieilles douleurs évoquées plus haut, mon chemin a été semé de roses. Mon seul regret, c'est de n'avoir pas pu les cueillir à temps pour les offrir à mes parents.

L'Algérie qui fut la leur, la mienne, est à la fois lointaine et proche. Elle me parle à voix basse de temps en temps, au moment où je m'y attends le moins. C'est une présence, une ombre, une larme séchée qui a laissé sa trace. Je ne l'essuierai pas, mais je n'en verserai pas d'autres.

Entre deux

Entre le rôle que j'attendais et qui n'arrivait pas, celui que j'aurais bien aimé jouer et qui ne voulait pas jouer avec moi, il a bien fallu tenir la route après *La Famille Hernandez*. Je ne peux pas parler de traversée du désert. Rien de catastrophique. Juste un ralentissement, un petit creux que j'ai rempli du mieux que j'ai pu.

Dans un premier temps, la chose la plus urgente pour moi fut d'aller me faire inscrire au cours de René Simon, le patron, le maître. J'avais envie de progresser et je voulais à tout prix me débarrasser de mon accent. C'était mon obsession. Avec un accent pareil, j'avais l'impression qu'on ne me prendrait jamais au sérieux. C'est d'ailleurs ce que j'ai tout de suite dit à Simon. Réponse : « Mais tu nous emmerdes avec ton accent ! Regarde Raimu. Il a fait une carrière.

– Raimu, c'est Raimu, et moi, je ne suis pas Raimu.

– Et moi, je te dis que c'est en scène que tu avanceras. Il faut que tu joues. Un point, c'est tout.

– Il faut que je joue, d'accord, mais il faut aussi qu'on m'engage et si personne ne me voit jouer, on ne me proposera rien. »

Et patati et patata...

J'avais beau être dans mes petits souliers, je l'ai tellement embêté avec mes arguments à la noix qu'il a fini par céder.

« Va donc te faire inscrire chez Rosine ! »

C'était sa secrétaire. C'est comme ça que je suis entrée au cours, toute contente, et directement en dernière année, dans la classe de Mme Constant. J'y suis restée un an.

J'ai croisé du beau monde chez Simon, mais, à cette époque, personne ne savait encore qui allait devenir qui, et on se marrait entre nous comme des baleines. Ce qui ne nous empêchait pas de bosser.

Popeck (dont l'humour juif a fait rire la France entière), Roland Blanche (qui nous manque tant !), Jacques Santi (le futur « chevalier du ciel »), Philippe Brizard, Claude Faraldo, Annie Savarin, Jean Sagols (qui est devenu réalisateur), Michel Favory (aujourd'hui sociétaire de la Comédie-Française), François Beaulieu (qui lui aussi a bien connu la maison de Molière), André Valardy (avec lequel j'ai fait un beau succès, des années plus tard, dans *La Mère juive*) et Jacques Zabor (que j'ai retrouvé par la suite à la maison de la culture de Grenoble, et dernièrement au théâtre Saint-Georges). Je suis sûre que j'en oublie. Qu'ils me pardonnent. J'ai une meilleure mémoire des textes que des noms.

De temps en temps, on jouait des scènes devant des gens importants. Jacques Fabbri fut de ceux-là.

« Je n'ai rien à te proposer pour le moment, mais je suis sûr qu'un jour tu joueras dans mon équipe. »

C'était bien vu puisque, un peu plus tard, j'ai effectivement travaillé avec Fabbri.

C'est au cours Simon que, subitement, j'ai eu l'idée (imbécile !) de changer de nom.

Ça m'est venu comme ça. En Algérie, Villalonga était déjà un nom assez répandu – pas comme Dupont, mais enfin pas si rare qu'on pourrait le croire. Et, en cours, personne ne m'appelait Marthe. En fait, on s'appelait tous par notre nom de famille. « Hé, Villalonga ! Tu viens ? » « Dis donc, Villalonga, tu veux bien me donner la réplique ? »

Moi, dans mon coin, je me disais : « Oh là là ! Mais qui va se souvenir d'un nom pareil ? C'est pas un nom pour le théâtre, ça. Faut en changer. »

Du reste, j'avais ma petite idée là-dessus. Je voulais m'appeler Sylvia Dejean. Sylvia parce que c'est mon deuxième prénom et Dejean parce que c'était le nom, très français, de mon arrière-grand-père.

Quand j'en ai parlé à mes copines, elles m'ont dit que j'étais folle, que j'avais tort, que Villalonga c'était magnifique.

« Vous vous fichez de moi ? !

– Pas du tout. Tu devrais le garder, fais-nous confiance ! »

Elles ont fini par me convaincre. Heureusement ! Et je les en remercie.

J'ai beaucoup appris au cours Simon. Notamment à travailler des scènes dramatiques. J'adorais ça. Ce n'est pas facile de faire pleurer, mais je me demande quand même si ce n'est pas encore plus difficile de faire rire. Pour que le public réponde à un texte comique, il faut le porter à bout de bras, tandis qu'un texte basé sur l'émotion bénéficie d'une crédibilité immédiate. De toute façon, j'ai toujours dit que j'aurais aimé tout jouer, les bonnes sœurs et les putes. C'était déjà vrai à cette époque.

Quant à René Simon, que tout le monde appelait « patron », c'était vraiment un homme extraordinaire. Il avait un flair terrible et des mots qui paraissaient très durs sur le moment mais qui avaient le mérite de ne pas bercer les élèves d'illusions. Lorsqu'il sentait que tel ou telle (plutôt telle, d'ailleurs) n'était pas fait ou pas faite pour le métier, il pouvait balancer des trucs incroyables !

« Toi, tu sais, tu vas finir à Clermont-Ferrand, mariée avec trois enfants. Tu ne feras jamais de théâtre. »

Il se trompait rarement.

A la fin de l'année, au mois de juin, il m'a demandé : « Villalonga, est-ce que tu as une scène prête ?

– Oui. J'ai Dorine dans *Tartuffe*.

– Est-ce que tu as une réplique ?

– Oui.

– Alors, va au Petit Théâtre de Paris. Il y a une audition. »

J'y suis allée les yeux fermés. Avec une copine. Sans savoir ni quoi ni qu'est-ce. Plutôt décontractée.

Et, là, qu'est-ce que j'entends ? Je vous le donne en mille ! Rien que des scènes de tragédie. Corneille, Racine et les autres. Rien que ça.

Le moral à zéro, j'ai dit à ma copine : « Mais qu'est-ce qu'on vient faire là ? De quoi j'ai l'air avec ma Dorine ? »

J'ai quand même fini par monter sur le plateau et, au bout de huit répliques, une voix douce venant de la salle m'a arrêtée. J'ai pensé : « Bon, voilà, c'est cuit », et je suis restée plantée comme une gourde.

Et puis j'ai entendu à nouveau cette voix feutrée qui me murmurait quelque chose que je comprenais mal, mais que je vais essayer de vous reproduire en pointillé.

« Septembre... hmm... hmm... boulevard... hmm... hmm... hmm... si vous êtes libre... hmm... hmm... hmm... engage... hmm... brochure. »

Ma traduction à moi fut : « Youpi ! Je vais jouer sur les boulevards au mois de septembre ! »

« Merci, monsieur ! » Et je suis sortie comme une fusée.

C'était formidable. Ma copine était aussi heureuse que moi. Elle est arrivée chez Simon en criant : « Patron ! Villalonga est prise, ça y est !

– Bon, a dit Simon, ça ne m'étonne pas. Maintenant, allez vous asseoir. »

Autant dire que je n'en savais pas plus à l'arrivée qu'au départ.

Deux mois plus tard, un matin, j'ai reçu chez moi, dans ma petite chambre de bonne, le courrier suivant : « Chère Mademoiselle, comme convenu, je vous envoie le texte de *Boulevard Durand*, la pièce d'Armand Salacrou, que nous allons créer à Tourcoing, au mois de septembre. André Reybaz. »

En somme, j'avais presque tout faux. Non seulement je m'étais trompée de boulevard, mais je découvrais en jetant un coup d'œil sur l'en-tête de la lettre qu'elle venait du centre dramatique du Nord et était signée par son directeur ! A de vrai, comme on dit chez nous.

Et me voilà partie à Tourcoing pour la création mondiale d'un auteur vivant. Un peu intimidée quand même parce que Salacrou était et reste (il est mort en 1989) une sacrée pointure dans le théâtre. Soutenu et aidé par Dullin au début, il avait déjà connu de beaux succès avec des drames historiques, des comédies satiriques sur la bourgeoisie, des œuvres idéologiques, catégorie à laquelle appartient *Boulevard Durand.* J'étais franchement épatée de me retrouver dans une pièce aussi grave, sur fond de lutte ouvrière, de mines, de piquets de grève.

Boulevard Durand raconte l'histoire (vraie) d'une erreur judiciaire. Jules Durand, délégué syndical (joué par Maurice Sarfati), est condamné à mort pour un crime qu'il n'a pas commis et devient fou dans sa prison. Je jouais une femme de mineur. Parfaitement ! Et je vous assure que ça n'a fait rire personne. André Reybaz, de sa voix si douce qu'il fallait tendre l'oreille pour l'entendre, m'a très bien dirigée. Le rôle n'était pas épais, mais c'était un rôle dramatique et, comme les critiques m'avaient remarquée là-dedans, j'étais aux anges d'avoir été prise au sérieux. Quant à mon accent, j'avais dû le perdre en cours de route...

La pièce a été reprise à Paris, au théâtre Sarah-Bernhardt, et elle a très bien marché. J'ai été très économe pendant cette période. Je vivais sur mes défraiements, sans toucher à mes trois francs six sous de cachet, avec toujours la même arrière-pensée : « Si rien ne se présente, ça me permettra de voir venir. »

C'est comme ça que je m'en suis sortie du reste, parce que, après *Boulevard Durand*, j't'en fiche ! *Zbouba !* Calme plat.

Déjà, au cours Simon, les copains me disaient que, pour travailler, il fallait rencontrer des gens et que, pour rencontrer des gens, il fallait sortir, se montrer, dîner en ville, serrer des mains... Mais les mondanités, ce n'est pas ma tasse de thé. J'aime mieux ma tambouille, mes petits légumes verts, que les petits-fours (qui font grossir). La vie parisienne et moi, ça fait deux ! En plus, je n'ai jamais cru qu'en faisant tout ça j'allais travailler davantage. Je crois plutôt qu'à ce régime-là on perd son temps, son énergie, son argent. On se fait bouffer. Moi, je ne marche pas. Aujourd'hui encore, lorsque des gens qui ne font pas partie de mes intimes m'invitent lourdement en me disant : « Ça nous fera plaisir », je décline l'invitation. Je ne vois pas pourquoi je vais leur faire plaisir si moi je vais me faire suer.

Ni mondaine ni couche-tard, je me ressource très bien dans la solitude. Elle ne me fait pas peur et je ne m'ennuie jamais. Une anecdote à ce propos : Dans ma seconde chambre de bonne, il m'est arrivé de rester une semaine sans mettre le nez dehors. Un peu inquiète, la concierge est venue sonner à ma porte : « Ça va?

– Mais oui, ça va. Ça va même très bien. Pourquoi? »

Donc, pour nous résumer, pas de blabla, ni de cocktails à tort et à travers. *Ouallou!* Rien à faire. Quant à aller tirer les cordons de sonnette, pas question! Chaque fois que j'ai été en difficulté, je me suis mise au boulot. Je ne suis pas du genre à me la couler douce.

Du reste, je n'avais pas le choix. Je ne voulais rien demander à personne. Je ne voulais pas non plus piocher dans les quatre sous d'économies que *La Famille Hernandez* m'avait permis de mettre de côté. Comme je l'ai déjà dit, on ne sait jamais ce qui peut arriver. Il faut toujours garder une poire pour la soif. Aller pointer dans un bureau, ça aussi c'était exclu, parce que, j'aurais été coincée avec les horaires. Si on me proposait un rôle, il fallait que je puisse me libérer du jour au lendemain. Je ne me voyais pas non plus assise devant mon téléphone en attendant qu'il sonne. Ça, c'était inimaginable!

Inutile de préciser que mon objectif n'avait pas changé. Les planches, rien que les planches. A cette époque, je ne pensais pas à la télé ou au cinéma. J'étais convaincue qu'avec la tronche que j'avais on ne me proposerait jamais rien. Je me figurais que l'image, c'était pour les jeunes premières, les beautés fatales. Pas pour moi. On est un peu bête des fois ; aujourd'hui, lorsque je regarde d'anciennes photos, je trouve ma bobine bien moins tarte que je l'imaginais alors.

Bien sûr, j'ai eu des périodes de doute, pendant lesquelles je pesais mes chances au gramme près. « Si, au bout de deux ans, plus personne ne fait appel à moi, je changerai mon fusil d'épaule. J'irai sur la côte, au bord de la mer, vendre des cacahuètes. » Mais ces moments de flottement étaient rares. Je n'ai jamais pensé que j'allais faire *tchoufa*, autrement dit échouer lamentablement. J'ai maintenu le cap.

D'abord, pendant la période René Simon, pour payer mes cours, Rosine, sa secrétaire, m'avait proposé de taper des textes, chez moi, sur une machine portative que m'avait refilée un copain de cours. C'était déjà ça.

Mais, après *Boulevard Durand*, il a fallu que je me débrouille autrement. C'est là que j'ai commencé à courir d'un bout à l'autre de Paris.

Je me suis retrouvée caissière, presque tous les soirs, chez mes amis Christian Azzopardi et Francis Nani, au célèbre Coupe-Chou, grand restaurant et petit théâtre, près des Halles. A midi, du côté des Champs, je servais en salle dans un restaurant tenu par des amis de longue date, les Sivry. Ça m'arrangeait bien. J'étais nourrie et j'avais des pourboires. Ensuite, mon amie d'enfance Sylvia, qui avait une petite librairie dans le XXe, m'a demandé de la remplacer de temps en temps, lorsqu'elle s'absentait du magasin. Je l'aidais aussi le matin, pour les livraisons. Son mari chargeait la voiture, et hop ! C'était moi qui conduisais.

Chauffeur-livreur en somme, jusqu'au jour où ils m'ont demandé de venir, régulièrement, plusieurs après-midi par semaine.

Dans le même temps, j'ai retrouvé André Marchand, un ex-danseur du conservatoire d'Alger qui travaillait à présent à la radio mais continuait à s'entraîner pour le plaisir.

« Qu'est-ce que tu fais en ce moment ?

– Pas grand-chose. Je me démène à droite, à gauche...

– Le conservatoire de Rosny cherche une pianiste accompagnatrice.

– Laisse-moi tranquille avec le piano ! J'ai déjà donné.

– Réfléchis. Ils sont vraiment en panne, et les examens ont lieu dans quinze jours. »

Finalement, j'y suis quand même allée, pour rendre service.

La prof qui m'a reçue m'a mis une pile de partitions entre les bras en me disant : « Emportez-les chez vous pour les travailler. »

Mon sang n'a fait qu'un tour.

« Les travailler ? Non mais attendez... Si vous voulez faire votre chorégraphie, là, maintenant, tout de suite, y a pas de problème. Je déchiffre à vue.

– Ah bon ? »

Elle avait l'air un peu étonnée.

Cette activité, disons, parallèle à mon vrai métier a duré... dix ans, à raison de deux après-midi par semaine au début, puis tous les jours. Ça mettait du beurre dans mes épinards, entre deux engagements. Quand je vous disais que le piano ne m'a jamais lâchée ! Et vice-versa.

On était en 1961, 1962. Là-bas, de l'autre côté de la mer, après des années de terreur, les Français d'Algérie, ainsi qu'un nombre considérable de musulmans, se préparaient peu à peu à l'exil... Nono et Zizou, rivés au pays comme des arapèdes à leur rocher, tenaient encore bon.

Quant à moi, mon minuscule studio-kitchenette, au dernier étage, dans le XVIe arrondissement, commençait à me peser. Surtout financièrement. J'ai donc déniché une vraie chambre de bonne dans le XIVe, avec un coin-cuisine séparé et une fenêtre normale donnant sur la rue. C'était bien, sauf que je me flanquais régulièrement des sciatiques d'enfer en voulant remonter mes provisions d'un coup jusqu'au huitième étage, sans ascenseur évidemment ! Mais enfin, j'étais jeune, et tous ces détails me passaient au-dessus de la tête !

En septembre 1962, bingo ! Je suis engagée pour la saison dans un spectacle qui lui aussi a fait couler beaucoup d'encre (et de larmes !) : *La Purée de nous z'ôtres*, pièce de Jacques Bedos, l'oncle de Guy, créée aux Trois Baudets. On peut dire qu'elle tombait bien, cette pièce. Enfin, si j'ose dire. Tous les pieds-noirs venaient de rentrer en France et ils se précipitaient pour voir ce spectacle qui parlait d'eux, de nous, de nos bons souvenirs et de nos chagrins. Dans la salle, le public pleurait, snif ! snif ! et puis, tout à coup, sur une réplique typiquement de chez nous, il s'esclaffait de bon cœur, avant de se remettre à pleurer, à la réplique suivante. Malgré les rires qui fusaient comme des bouchons de champagne, il fallait quand même venir au théâtre avec une provision de mouchoirs.

Nous, sur le plateau, on avait beau faire les imbéciles, on était très émus. On affichait complet chaque soir. Tous ces gens, remués jusqu'aux tripes, qui laissaient aller en vrac leur émotion et leurs éclats de rire, ça nous allait droit au cœur. Bien entendu, pour jouer le rôle, j'avais repris mon accent et, là, j'en étais fière !

Un an plus tard, en 1963, et toujours avec l'accent, j'ai joué à Bobino dans *La Parodie du Cid*, d'Edmond Brua, un Algérois. Un spectacle épatant, tout en vers et tout en pataouète ! *Le Cid* tel qu'en lui-même pour le fond, mais revu et corrigé façon pied-noir. Rodrigue, dit Roro, est toujours partagé entre son amour et son honneur, mais cette fois son amour s'appelle Chipette au lieu de Chimène ! C'était Françoise Fabian qui jouait le rôle. Belle à tomber, la Fabian ! Je ne sais pas si Corneille s'est retourné dans sa tombe, mais nous, on a bien rigolé, et le public aussi. Il y avait de quoi. Entre don Diègue, devenu Dodièze, marchand de brochettes, don Gormas, devenu Gongormazt, ancien patron coiffeur, le roi, devenu M. Fernand, député, et moi, Mme Carmen, ex-tenancière de bordel, c'était un festival !

Pour mémoire, je ne résiste pas au plaisir de vous donner quelques exemples de répliques particulièrement savoureuses.

Chipette : « Oh ! Redis-le-moi dès, Fifine, à de bon ! / Mon père, il est consent ? Mon père y dit pas non ? »

Ou encore : « Oh, Roro, qu'est-ce ti as fait ? D'où tu viens misérabe ? »

Et Dodièze, ulcéré : « La tombe de mes morts ! Si c'est pas un malheur / De voir que la scoumoune y s'en prend qu'à des vieux ! »

Ou bien : « Va, cours, vole, assassine et bouffes-y le mou ! »

Et dans la fameuse scène entre les deux pères : « Ce bras, ce bras d'honneur qui t'a fait député / Si y aurait pas Roro, mieux j'le fais amputer ! »

Quant à moi, si vous m'aviez vue dans le rôle de la duègne, transformée en ancienne patronne de bordel, j'avais une touche incroyable : jupe noire très collante, décolleté plongeant, talons aiguilles et maquillée comme une voiture volée ! J'étais su-per-be !

Entre-temps, j'avais commencé également à faire quelques apparitions à la télé, dans des feuilletons ou des séries qui ont très bien marché : *Janique Aimée*, *L'Age heureux*, écrit par Odette Joyeux, *Les Saintes chéries*, avec Micheline Presle et Daniel Gélin, *Les Cinq Dernières Minutes.* Jamais des rôles très importants, une gardienne d'immeuble, une infirmière, quelquefois même juste une petite scène, mais c'était un bon apprentissage de la caméra.

Pendant ce temps, mes parents, eux, étaient installés provisoirement en province, dans la famille, en attendant des jours meilleurs. Ce provisoire a quand même duré deux ans. Ils étaient malheureux, isolés à la campagne. Je leur manquais et ils me manquaient aussi. Il fallait trouver une solution.

C'est là que mon ami et futur agent Guy Bonnet (dont la sœur, Joëlle, fut aussi mon agent artistique avant de passer le relais à son frère), que je connaissais depuis toujours, depuis le conservatoire d'Alger, m'a proposé de reprendre son petit deux-pièces dans le XIIe arrondissement. Trente-deux mètres carrés, une vraie cuisine, une douche, le luxe !

Ça n'a pas traîné. En 1965, mes parents débarquaient à Paris, chez moi. Ils étaient ravis, bien sûr, mais un peu inquiets aussi.

« On vient t'embêter, ma pauvre Toutoune !

– Vous ne m'embêtez pas. On sera bien. Du pain, de l'huile, une tomate, on s'en fout ! Le principal c'est d'être ensemble. »

Notre espace vital était un peu riquiqui, mais nous étions si contents d'être enfin réunis tous les trois ! Et même tous les cinq, puisque, de Bordeaux, Zizou avait ramené Macao, le perroquet, et qu'en arrivant Macao a trouvé Mioussov, le chat. Celui-ci devait son nom de baptême à la pièce que je venais de jouer avec la compagnie de Jacques Fabbri et qui s'intitulait *Je veux voir Mioussov*. Une comédie très bien ficelée, menée tambour battant par un Fabbri dont le sens du comique relevait de la mécanique de précision. Excellent directeur d'acteurs et acteur lui-même, il avait un sens inné du gag. Rouspéteur aussi, mais avec un côté gros nounours qui était plutôt touchant. Je me suis retrouvée dans la peau d'une femme du peuple et ça m'allait très bien.

Quant à l'ambiance entre les fidèles de sa troupe et les pièces rapportées comme moi, elle était vraiment sympa. André Gilles, Charles Charras, Arlette Gilbert, Annick Alane, Françoise Fleury, Juliette Hervieu et Villalonga, le compte est bon. On a fait une belle tournée en France, en Suisse, en Belgique, et la pièce a été retransmise à la télé, dans *Au théâtre ce soir*, de Pierre Sabbagh.

Lorsque je rentrais à la maison, j'avais la joie de retrouver tout mon petit monde, y compris mes compagnons à plumes et à poils, que j'aimais tendrement et que je n'ai d'ailleurs jamais remplacés.

A propos de Macao, on a longtemps cru qu'il était idiot, celui-là. Pas moyen de lui tirer un son jusqu'au jour où il s'est mis à siffler le début de *Voilà du boudin*, que mon père avait passé des heures à lui apprendre. Cependant, j'ai vite remarqué que son sifflement n'était pas très net, tantôt clair, tantôt chuintant. Bizarre... Bizarre... J'ai fini par en comprendre la raison : mon père lui donnait parfois des cours de chant sans mettre son dentier, ce qui changeait tout ! Cela dit, ces premiers sifflements ont complètement débloqué la situation et, du jour où cet animal a pris la parole pour de bon, il ne l'a plus lâchée ! Pire que moi dans *Soins intensifs*, la pièce de Françoise Dorin ! Macao a piapiaté comme un fou jusqu'à sa mort, à dix-neuf ans, ce qui est très vieux pour un perroquet. Il est mort un mois après le chat Mioussov, qui était son copain. J'aimerais bien croire qu'il a été terrassé par le chagrin, mais hélas, ce n'est pas le cas. A la fin de sa vie, le pauvre Macao était devenu gâteux. Il volait toujours en liberté, mais au jugé, et il s'est probablement assommé en rentrant dans sa cage...

Tant qu'elle a été en bonne santé, ma mère aimait bien venir avec moi au théâtre. Chaque fois que je recevais un carton d'invitation, je lui disais : « Allez, viens, Zizou, je t'emmène ! » et elle ne se faisait pas prier. Malheureusement, comme je n'étais pas très connue, les invitations n'étaient pas nombreuses, et les places de théâtre étant plutôt chères, je n'ai pas pu lui faire plaisir aussi souvent que je l'aurais souhaité. Nono, lui, préférait aller jouer aux boules. C'était sa passion.

Lorsque je fais le bilan de ces années soixante, je me rends compte que, mine de rien, elles ont été bien remplies, surtout qu'entre deux engagements je continuais mes petits boulots d'appoint pour faire bouillir la marmite.

J'ai enchaîné pas mal de spectacles. *Le Bourgeois gentilhomme*, monté par Olivier Hussenot et joué à Chambéry, m'a laissé un excellent souvenir. Le spectacle était bien rythmé et la musique de Lulli bien servie par de grands solistes de la maîtrise de l'ORTF.

J'ai tourné quelques films aussi, dont *Clair de terre*, de Guy Gilles, l'histoire des rapatriés d'Algérie, avec Edwige Feuillère en tête d'affiche. Même si je n'ai pas tourné directement avec elle, il y a des rencontres qu'on ne peut pas oublier. Je n'aurais jamais osé l'approcher parce qu'elle était intimidante. Résultat, c'est elle qui est venue vers moi avec une grande simplicité. De loin, elle suivait ma carrière, posait des questions à mon agent, Mme Horstig, chez qui Joëlle et Guy ont appris leur métier.

« Et la petite Marthe, que fait-elle ? A-t-elle des projets en ce moment ? »

Elle venait me voir au théâtre. « C'est bien, mon petit. Continuez comme ça. »

Elle trouvait toujours des mots charmants pour m'encourager et quelquefois elle m'invitait à prendre le thé chez elle. La femme prétendument distante et inabordable était en fait une femme exquise.

Et puis voilà qu'en 1969 la Comédie des Alpes, basée à Grenoble, a fait appel à moi pour jouer dans *La Dévotion à la Croix*, de Calderon, une pièce magnifique, mise en scène par Alberto Rody, un homme exceptionnel, trop tôt disparu, et dans un cadre unique : la grande salle tournante de la maison de la culture. Un outil de travail comme j'en ai rarement vu. Un dispositif scénique à couper le souffle ! Le plateau mobile tournait sur lui-même tandis que la salle, sur son anneau, tournait elle aussi. Quant au décor, il nous a tous laissés babas. Une montagne de rochers pelés, avec des crevasses, des plates-formes, des cavernes. Un univers d'une théâtralité et d'une beauté incroyables ! Tellement que je ne me suis pas souciée de l'épaisseur du rôle. Sous la direction d'Alberto, jouer une paysanne en haillons devenait une aventure vraiment extraordinaire. Et puis, Grenoble, c'est sympa. Les montagnes sont tout près. On peut se balader. En plus, pendant mon premier séjour (car il y en a eu deux), j'étais logée chez mon amie Monique Day, dans une villa bien agréable dont les fenêtres donnaient sur la chaîne de Belledonne. Pour le second séjour, l'administratrice de la compagnie, Linda Hybord, m'avait déniché un petit studio pas loin de la maison de la culture, ce grand et beau navire tout blanc qu'on appelait entre nous pour rigoler la « masure de la culton ». René Lesage, l'émule de Jean Dasté, créateur de la compagnie, et Bernard Floriet, son adjoint, ont fait à Grenoble un travail formidable, que je tiens à saluer ici, et dont Lavaudant a repris le flambeau plus tard, avant de faire à Paris la carrière que l'on sait. Ce qui montre bien qu'en ce temps-là la décentralisation théâtrale avait du bon.

Un an plus tard, retour à Grenoble, avec *Ivan le Terrible*, de Boulgakov, une comédie à la russe, onirique et décalée, pleine de rebondissements et d'éclats de rire dans la salle comme en coulisse, car l'équipe était excellente. D'ailleurs, il m'en reste de bons copains que je vois toujours. C'est avec eux que j'évoque encore aujourd'hui ce fameux soir où, par erreur, j'ai sifflé un fond de champagne dans le verre d'un copain... Cinq minutes après, je me suis mise à rigoler comme une folle sous le regard ahuri de mes camarades qui n'en revenaient pas. « Mais qu'est-ce qu'elle a ? » Moi qui suis plutôt réservée, j'ai littéralement hurlé de rire pendant deux heures ! A la fin, tout le monde se gondolait avec moi.

Ce sont les premières et les dernières gouttes d'alcool que j'ai bues de ma vie ! Alors, n'insistez pas. Non merci. Je préfère me taper une carafe d'eau. Encore que ce ne soit pas tout à fait exact. En fait, je suis comme les chameaux. Maman était aussi sobre que moi. Ça doit être héréditaire.

A cette époque, je pouvais déjà, hélas ! parler d'elle à l'imparfait, parce qu'elle nous avait quittés. Donc, pour mon second séjour dans la capitale du Dauphiné, je n'ai pas voulu laisser mon père tout seul à Paris. Je l'ai pris avec moi. Et hop ! Déménagement dans la 2 CV, avec papa, Macao, Mioussov, la cage, le perchoir et le panier du chat ! De vrais romanichels. J'aurais pu laisser mes amis à plumes et à poils chez leur parrain, Bernard Garcia, un ami délicieux qui les gardait de temps en temps, mais là j'ai embarqué toute ma tribu ! A Grenoble, pendant que je répétais, Nono allait jouer aux boules sur l'esplanade, au pied de la Bastille, une ex-forteresse, haut lieu touristique de la ville auquel on accède par le téléphérique. Très sociable, Nono s'est bien intégré parmi les boulistes grenoblois. Avec l'âge et la tristesse, le petit homme raplot de Maison-Carrée était devenu un vieux monsieur fragile... Si fragile qu'il n'a guère profité des premiers coups de projecteur qui se sont braqués sur moi à partir des années soixante-dix.

C'est là que j'ai commencé à tourner très régulièrement. Avec Molinaro dans *La Mandarine*, avec Robert Lamoureux aussi. Et puis j'ai eu la chance de travailler avec Jody Foster, aussi belle qu'adorable, dans *Moi, fleur bleue*, d'Eric Yung. Déjà à l'époque, elle parlait le français comme vous et moi. C'était renversant.

Si je devais vous citer tous les films dans lesquels j'ai fait des apparitions ou tenu des petits rôles pendant ces années-là et même après, on n'en sortirait pas. Ce qui compte, c'est que dans tous ces tournages, même brefs, j'ai trouvé quelque chose à défendre, à prouver. L'enjeu a beau être minime, il existe. Le désir de bien faire, de montrer de quoi on est capable à l'écran, est un défi perpétuel. C'est une marche de plus à gravir. Et je m'y connais ! Des marches, j'en ai gravi pas mal.

La première de toutes et la plus importante sur le plan professionnel s'appelle *Mourir d'aimer*, le film qui m'a permis de jouer dans la cour des grands. C'est à partir de là que j'ai commencé à me faire une petite place dans le cinéma.

Action !

Cayatte. Non, pardon, M. André Cayatte. Cet ex-avocat, devenu réalisateur, était un homme brillant et un gentleman. Très grand, très mince, avec une tête d'aigle et des yeux perçants, il m'impressionnait. Avec ça, intelligent et passionné, mais jamais un mot plus haut que l'autre. Sur le plateau, une autorité tranquille et ferme qui en imposait sans pour autant bloquer les acteurs. Au contraire. Cette présence calme, ce regard lucide leur permettaient de donner le meilleur d'eux-mêmes.

Il a dû me repérer sur une simple photo. Il m'a fait venir. On a parlé quelques minutes et il m'a dit : « Bon. Je vous engage dans mon prochain film, *Mourir d'aimer*, avec Annie Girardot. » Tout simplement !

J'ai eu l'impression que le ciel me tombait sur la tête. Pourtant, mon rôle, celui d'une assistante sociale, n'était pas très important. Mais tourner avec Girardot ! Pour moi, Annie, c'était – et c'est toujours – un sommet de talent et d'humanité.

J'avais déjà l'expérience de la caméra, mais cela n'a pas soulagé mon trac pour autant. D'ailleurs, lors des premières répétitions, la peur de ne pas être à la hauteur m'a poussée à jouer en force, à pousser ma voix comme dans un amphithéâtre romain pour être entendue en haut des tribunes ! André Cayatte m'a fait signe qu'il voulait me parler et j'ai pensé : « Ouh là là ! C'est mauvais ça ! »

En quelques mots, il a remis mes pendules à l'heure : « On est au cinéma, Marthe, pas au théâtre. Dites le texte normalement. »

OK, monsieur. Message reçu cinq sur cinq.

Le film raconte l'histoire authentique de Gabrielle Russier, cette prof qui tombe amoureuse d'un de ses élèves, un ado, et qui, traînée en justice, finit par se suicider. Le fait divers avait fait grand bruit dans la France puritaine du début des années soixante-dix. Et le film aussi a été très remarqué, très commenté.

En ce qui me concerne, le fait de jouer avec Annie Girardot fut un bonheur de tous les instants. Je l'admirais déjà beaucoup, mais là j'ai tout de suite éprouvé pour elle une affection profonde. Il n'y a pas plus naturelle, plus vraie, plus spontanée, plus sincère qu'Annie. Pas star pour deux sous. Elle est la simplicité même avec tout le monde, du metteur en scène au producteur en passant par les machinos. Et généreuse aussi. Je me souviens de ses premiers mots : « Salut ! Ça va ? Assieds-toi là, près de moi... T'es contente ? Tu vas voir, ça va très bien se passer. Tout ça sur le ton qu'on lui connaît, ultrarapide, percutant.

Pas de chichis avec elle. La femme est droite et son langage, direct. Et quelle comédienne ! Quelle émotion ! Quel visage ! Tout s'inscrit dans ses yeux. Au lieu de tétaniser de trouille les acteurs débutants, elle les aide, les met à l'aise, les traite d'égal à égal. Nous avons un point commun, elle et moi : une façon artisanale de faire le métier. Quant à nos différences, nombreuses, elles ne comptent pas. La fourmi et le papillon, l'eau et le feu se sont très bien entendus. Par la suite, je l'ai retrouvée avec le même plaisir dans deux autres films, *La Pluie et le beau temps* et *Il n'y a pas de fumée sans feu,* de Cayatte, toujours. Chaque fois que l'on se croise, elle et moi, même si on ne s'est pas vues depuis longtemps, on s'embrasse comme du bon pain.

Mourir d'aimer a eu un succès extraordinaire, mais moi, je n'ai pas voulu aller le voir. J'ai toujours eu beaucoup de mal à aller voir mes films. Quant aux rushs, n'en parlons même pas ! Je n'y vais jamais. A l'image, je ne me laisse rien passer. J'épluche les moindres détails. Je me parle à moi-même sans aucune indulgence. « Mon Dieu, ti as vu le nez que t'as ! » « Mon Dieu, pourquoi ti as fermé un œil ? » « Mon Dieu, c'est pas possible, ti as vu la grimace que tu fais ? » Et ainsi de suite... Un calvaire.

Il faut dire aussi que, pour la première fois au cinéma, dans *Mourir d'aimer*, j'incarnais un personnage qui était vraiment loin de moi, assez raide, plutôt sec, très branché sur son boulot, et qui débarquait avec ses gros souliers au beau milieu d'une situation pour le moins délicate : un détournement de mineur par un membre du corps enseignant. Ce n'était pas une mince affaire !

Olga Horstig, mon agent à l'époque, a tellement insisté que j'ai fini par aller voir le film dans un cinéma des Champs-Elysées, bourré à craquer, au fond de la salle évidemment, là où de toute façon personne ne m'a reconnue, puisque personne ne me connaissait. La tension dans le public était palpable, les scènes, dramatiques. On sentait bien que tout le monde trouvait parfaitement injuste le procès qui était fait à cette prof « coupable » d'aimer. D'autant que le garçon était amoureux, lui aussi. Il n'y avait vraiment pas de quoi en faire un plat, ni ameuter l'opinion publique !

Mon personnage d'assistante sociale arrive au beau milieu du film, un peu comme un cheveu sur la soupe, dans cette tension invraisemblable. Et, au moment où il dit (je dis) un truc du genre : « C'est vraiment honteux ! », toute la salle a éclaté de rire !

J'étais la soupape qui fait tomber la pression. Les gens devaient penser : « Mais qu'est-ce qu'elle vient nous enquiquiner celle-là ! Manquait plus qu'elle ! »

Moi, j'ai très mal pris la chose. Je suis sortie de la salle, ulcérée, convaincue d'avoir loupé mon coup. J'ai couru chez mon agent en rasant les murs et j'ai hurlé :

« Je ne veux plus faire de cinéma ! Il ne faut plus me faire faire de casting de cinéma !

– Mais voyons, Marthe, il ne faut pas le prendre comme ça. C'est normal que les gens rient à ce moment-là. Le public a besoin de se libérer, d'exploser. »

J'ai cru qu'elle disait ça pour me consoler. Heureusement, un an après, André Cayatte me redemandait pour tourner dans *Il n'y a pas de fumée sans feu*. Je me suis dit : « Bon, alors là, ça va. Tu peux être rassurée. » Trois autres films ont suivi : *A chacun son enfer*, *Verdict*, avec Gabin, et enfin *L'Amour en question* qui, honnêtement, n'a pas fait un très gros succès. Cinq films en tout, échelonnés sur huit ans. De quoi me redonner une bonne dose de confiance en moi...

Côté théâtre, les choses n'allaient pas mal non plus. J'ai été engagée pour jouer dans *La Royale Performance*, une pièce de Marcel Mithois, avec Jacqueline Maillan. L'histoire d'une fille de la campagne qui rencontre un prince arabe et revient au pays pour le présenter à ses proches. Ah ! Maillan ! Mon modèle. Ma référence. Non seulement j'adorais l'actrice, son instinct, son sens du comique, sa façon de mettre le public dans sa poche, mais j'adorais aussi les pièces qu'elle jouait, bien écrites, bien construites et au service d'un style qu'elle avait elle-même créé. Le style Maillan. Il ne faut pas oublier qu'elle a été la première à faire des *one-woman shows* comiques, notamment à L'Amiral. C'est là qu'elle a débuté, avec des sketchs à mourir de rire comme celui de « La conférencière » qui revient d'un voyage au Tibet où elle a rencontré le yeti, un chaud lapin celui-là ! Maillan, je l'admirais sans réserve.

Et voilà que je suis engagée au théâtre Edouard VII pour jouer à ses côtés le rôle de son amie d'enfance ! Je ne pouvais pas rêver mieux. On avait une chanson ensemble. Le spectacle était charmant, léger, pétillant et savoureux comme une gorgée de champagne bien frais. Enfin, c'est une image, parce que, comme je vous l'ai déjà dit, avec ou sans bulles, l'alcool et moi, on est fâchés depuis toujours.

Je peux dire que le courant est très bien passé entre Jacqueline Maillan et moi. Je l'imaginais joviale et rigolote. En fait, elle était très réservée. Pourtant, on a tout de suite trouvé un terrain d'entente, une complicité, des atomes crochus. Tous les soirs, elle m'accueillait avec des mots chaleureux.

« Villalonga, venez me raconter ce que vous avez fait aujourd'hui. Faites-moi rire ! »

On bavardait beaucoup, comme des copines de longue date. Nous avions des points communs, je crois : un amour sans limites du métier, un désintérêt total pour les soirées mondaines, et une certaine anxiété à propos de nos kilos en trop...

Malheureusement, le spectacle n'est resté que trois mois à l'affiche. Mais, par la suite, comme elle avait gardé un bon souvenir de moi, elle m'a redemandée dans deux autres pièces que je n'ai, hélas ! pas pu jouer, parce que j'étais déjà engagée ailleurs. Par exemple, lorsqu'elle m'a proposé *Coup de soleil*, j'étais sur le point de signer pour *Marius*, qui devait partir en tournée. J'étais très embêtée, très hésitante, parce que jouer avec Maillan à Paris, c'était vraiment tentant. Je ne savais pas comment faire. C'est elle qui m'a aidée à prendre une décision.

« Quel rôle avez-vous dans *Marius* ?

– Celui d'Honorine.

– Alors, allez-y, Marthe. Ça m'aurait fait plaisir de jouer avec vous, mais entre Honorine et ce que j'ai à vous offrir, il n'y pas à tergiverser. Partez et faites-vous plaisir. »

Maillan, c'était aussi l'élégance du cœur.

Bien plus tard, en 1994, dans *Croque-Monsieur*, de Marcel Mithois, je me suis glissée, avec une sacrée émotion, dans un de ses plus beaux rôles... Mais c'est une autre histoire. Chaque chose en son temps.

En 1975, un autre film se profilait à l'horizon, et pas des moindres. Elie Chouraqui, l'assistant d'Yves Robert, m'a contactée pour tourner dans *Un éléphant ça trompe énormément*. Il cherchait quelqu'un pour jouer la mère de Guy Bedos ; c'est tombé sur moi parce que j'avais l'accent du personnage et probablement le tempérament rentre-dedans qui devait aller avec.

Hélas ! Lorsque Yves Robert m'a vue, il s'est écrié : « Ouh là là ! Mais vous êtes trop jeune ! »

C'est ça, le cinéma. Trop jeune, trop vieille, trop grosse, trop maigre... Il y a toujours un truc qui ne colle pas. Mais enfin, pour le coup, la remarque du réalisateur était parfaitement justifiée, puisque Bedos et moi, on est de la même génération. N'empêche, j'étais vraiment déçue. Et puis, après une seconde de réflexion, voilà qu'Yves Robert se ravise et me tend une page du scénario pour voir un peu ce que je peux donner dans le rôle. Il devait se dire : il n'y en pas cinquante comme elle sur le marché qui ont un accent pareil ! Je me suis lancée.

« Bon, m'a dit Yves qui m'avait bien observée sous tous les angles, je suis d'accord, mais il va falloir faire des essais de maquillage et de coiffure. »

Pas de problème. Me voilà, dans les studios de Boulogne-Billancourt, entre les mains expertes des coiffeurs et des maquilleuses. Comme le personnage fréquentait beaucoup les instituts de beauté, on pouvait imaginer qu'elle faisait plus jeune que son âge réel. Je me suis donc laissé pomponner, farder et coiffer d'une perruque très abondante et très laquée qui, sans me donner dix ans dans la vue, équilibrait parfaitement le rapport d'âge entre Bedos et moi.

Je me suis beaucoup amusée à jouer cette mère envahissante, abusive, jamais contente. C'était l'archétype même de la mamma méditerranéenne, le symbole de la culture matriarcale. Bien qu'elle soit une emmerdeuse de première, elle adore ses enfants et règne sans partage sur le clan. Autour de moi, les Bedos, Lanoux, Rochefort, Brasseur s'amusaient bien eux aussi. On aurait dit des gamins dans une cour de récré, tous plus taquins et rieurs les uns que les autres !

Pour la fameuse scène d'engueulade sur le court de tennis, lorsque je surgis comme une bombe sous le regard consterné de mon pauvre fils, Yves Robert, à la répétition, me demanda simplement de prendre mes repères et de dire mon texte à plat, comme on le fait d'habitude avant de tourner pour de bon. Et là, je ne sais pas ce qui m'a pris, je suis partie sur les chapeaux de roue. A fond la caisse. Une tornade. Exactement comme si on était déjà en train de tourner. Je revois encore les têtes sidérées de mes camarades. En particulier celle de Lanoux. « Mais qu'est-ce que c'est que cette folle qui nous tombe dessus ? » Au tournage, ils ont réussi à garder cet étonnement général, cet air estomaqué qui les avait saisis à la répétition et qui donnait à la scène toute sa dimension comique.

J'ai été très heureuse, un peu plus tard, de retrouver toute cette fine équipe dans *Nous irons tous au paradis*, un autre grand succès d'Yves Robert, dont je garde personnellement un souvenir formidable. L'homme était chaleureux, bon vivant, passionné de cuisine et de jardins, communicatif et impertinent comme les histoires qu'il racontait dans ses films. Qui ne se souvient de *La Guerre des boutons* qui a fait le tour du monde, du *Grand Blond avec une chaussure noire* ou d'*Alexandre le bienheureux* ? Il savait nous faire rire de nous-mêmes, cet homme-là. Je suis fière d'avoir travaillé avec quelqu'un d'aussi généreux et, quoi qu'il arrive, toujours souriant sous sa moustache.

Après, j'ai tourné avec Diane Kurys dans *Diabolo menthe*, un fort joli film, plein de tendresse, d'humour et d'amours adolescentes. Je faisais une prof d'anglais, ce qui est déjà une curiosité en soi, vu mon niveau en anglais, mais, en plus, cette prof devait avoir un solide accent pied-noir... C'était vraiment bizarre comme composition, mais réjouissant, surtout quand on pense à tous les efforts que j'avais fournis pour perdre ce fichu accent – qui, finalement, m'a été très utile dans bon nombre de films.

Comme par exemple dans *Le Sucre*, de Jacques Rouffio, où j'incarnais – pour la première fois mais pas la dernière ! – l'épouse de Roger Hanin. Le scénario était excellent et la distribution éblouissante : Jean Carmet, Gérard Depardieu, les inséparables compères. Une délirante histoire de magouilles boursières sur fond de petits actionnaires ruinés. Surtout moi, d'ailleurs, puisque l'arnaqueur, Gérard Depardieu, jouait toute ma fortune personnelle sur les actions du sucre en chute libre. En tant qu'épouse d'un fonctionnaire des Finances, je n'ai jamais été aussi élégante, aussi bien coiffée, ni aussi « bijoutée » avec rangs de perles, bracelets, bagouses.

Chaque soir, au démaquillage, l'habilleuse venait me reprendre mes parures, sous l'œil vigilant de deux types qui, du plateau à la loge, étaient toujours dans mon air. Je ne les ai pas remarqués tout de suite, mais, à la longue, ils ont fini par m'intriguer.

J'ai demandé : « Mais c'est qui, ces deux-là ? Ils sont tout le temps derrière moi. Ça m'énerve. »

Il a bien fallu faire avec, parce que les deux types étaient des gardes du corps, chargés de veiller sur mes bijoux, qui loin d'être en toc comme je le croyais, étaient des pièces de grand prix, prêtées par un joaillier renommé. Je n'ai jamais valu aussi cher !

J'ai retrouvé Roger Hanin plusieurs fois par la suite, avec le même plaisir, notamment la même année, en 1978, dans

Le Coup de sirocco, puis en 1981 dans *La Baraka*, et enfin, en 1983, dans *Le Grand Carnaval* où j'ai eu le plaisir de rencontrer Philippe Noiret. Il m'impressionnait énormément cet homme-là, avec sa voix de basse, sa stature, son flegme et son humour à froid. Il y avait de quoi se sentir comme une petite souris en face de lui et, pourtant, entre nous deux, le courant est bien passé. Pas besoin quelquefois de se parler beaucoup pour se comprendre. C'est une question de connivence. Chaque fois qu'on se revoit, on se fait des gros smacks comme on si on venait de se quitter la veille.

A noter que dans *La Baraka* je n'étais plus l'épouse de Roger mais... sa mère ! Comme quoi le cinéma permet des transformations incroyables. Le maquillage, les éclairages, les angles de prise de vue vous changent une bonne femme, croyez-moi. Un bon « chef op' » peut vous rajeunir, vous vieillir, vous rendre glamour même si vous ne l'êtes pas.

En dépit d'une histoire bien ficelée, le film n'a pas trouvé sa place étant donné qu'au moment de sa sortie la campagne électorale battait son plein. Mais, en ce qui me concerne, j'ai eu plaisir à jouer ce personnage ronchon qui met en garde son fils, un grand patron de restaurant, contre celui qui courtise sa petite-fille, un jeune Arabe séduisant, recherché par la police, interprété par Gérard Darmon. Nous avons tourné à Nice, dans les studios de la Victorine, et le soleil était de nouveau de la partie.

Tous les jours, à peine arrivée au studio, j'étais prise en main par Michel Déruelle, un maquilleur de génie qui avait déjà fait de grands films aux USA. Sous ses doigts légers, ses doigts de peintre qui procédaient par petites touches délicates, je me transformais, abandonnée, les yeux fermés, à ces coups de pinceau effleurant mon visage, et au fur et à mesure de cette transformation je me sentais vieillir. C'est une impression que je n'ai jamais oubliée.

Chacun de ces films (je pense à *Sale rêveur*, de Jean-Marie Périer, avec Dutronc et Léa Massari) ou téléfilms (*Les Sept Jours du marié* notamment, avec Serge Moati, encore une belle histoire de mamma pied-noir qui se morfond dans un HLM de Sarcelles et reporte sur son fils unique son trop-plein d'affection), chacun a été pour moi un beau rendez-vous, une aventure quelquefois courte si on la mesure en jours de tournage, mais passionnante. Toujours, mes personnages m'ont donné envie de m'investir, d'aller chercher au fond de moi de quoi les faire exister au maximum, même quelques minutes. Le plus magnifique étant, vous vous en doutez, celui de l'épouse de Roger Hanin dans *Le Coup de sirocco*, d'Alexandre Arcady.

C'était son premier long métrage. Ce n'est pas lui qui m'a contactée directement, mais mon ami Jean-Claude de Goros, qui m'a téléphoné un soir, au Coupe-Chou, pendant une de ces périodes où je tenais la caisse entre deux engagements. D'ailleurs, en entendant sa voix, j'ai d'abord cru qu'il voulait venir dîner, tout simplement. Mais non.

« Dis donc, Marthe, je t'appelle parce que j'ai un ami qui vient d'écrire un scénario. Il aimerait bien te rencontrer car il a quelque chose à te proposer. On peut venir un de ces soirs ?

– Oui, d'accord. Venez en début de semaine, vers 23 heures, il y a moins de monde. Je serai plus tranquille. »

Un soir, après le coup de feu, j'ai donc vu arriver un jeune homme timide, déférent même, qui a pris des gants pour me dire qu'il venait d'écrire son premier film et qu'il aimerait bien que je joue dedans, tout en se demandant si j'allais accepter.

« Voilà le texte. C'est l'histoire de la famille Narboni, des petits épiciers d'Alger. Leur retour en métropole. Leurs difficultés. Leurs rêves de réussite. Enfin, tout ce que vous avez connu. Lisez-le, s'il vous plaît, et téléphonez-moi pour me dire ce que vous en pensez. Ne tardez pas trop ; soyez gentille. »

Sa façon de présenter les choses, sa fébrilité, son inquiétude m'ont beaucoup étonnée. Mais qui je suis moi pour qu'on me parle comme ça ?

« Je vais faire au plus vite. C'est promis. »

La nuit même, je me suis collée à son scénario et, au fil des pages, j'ai été emballée par cette histoire bien structurée, bien écrite. Tout y était : le rire et les larmes. Sans esprit de revanche. Sans aigreur.

En même temps, de scène en scène, de plan en plan, je commençais à chercher désespérément où j'allais bien pouvoir me situer là-dedans. Quel rôle ? Quel personnage ? Au bout de vingt pages, j'en étais toujours à me le demander. Quarante pages plus loin, même topo. Mais bon Dieu, pourquoi fallait-il que je le lise aussi vite ce sacré scénario ? Où j'étais, moi, dans cette histoire ? En plus, au fur et à mesure que j'avançais, je n'arrêtais pas de me dire : « Mais qui va faire le rôle de la mère ? Qui ? Qu'est-ce qu'il est beau, ce rôle ! Quelle chance elle va avoir, celle-là ! »

Vers la cinquantième page, je suis enfin tombée sur une ou deux petites scènes sympas qui, à l'évidence, semblaient avoir été écrites pour moi. J'ai pensé : « Bon, c'est pas le genre de rôle qui va casser trois pattes à un canard, mais comme le film promet d'être un beau film, il n'y a pas à hésiter ! »

Malgré tout, j'ai passé le restant de la nuit à me demander encore et encore qui allait jouer le rôle superbe de Marguerite Narboni, la déracinée, une femme toute simple, bourrée d'émotion. « Ah ! La veinarde ! Ah ! La chipie ! Ah ! Y en a vraiment qui ont du bol !... »

Dès le lendemain matin, malgré tout ce que j'avais pu ressasser pendant mon insomnie, j'ai appelé Alexandre Arcady et, bille en tête, je lui ai annoncé que j'avais trouvé son film magnifique.

« Ah ! Ça vous a plu ? Tant mieux. Tant mieux. Je suis content. Vraiment. »

Au fond de moi, je trouvais sa réaction un peu exagérée par rapport à ce que je croyais avoir à faire dans le film, mais, bon, j'ai enchaîné sur les compliments qui, du reste, me venaient du fond du cœur. Plus j'en disais, plus il avait l'air heureux, comme si mon avis était d'une importance capitale. Bien entendu, je ne lui ai pas posé la question qui me brûlait les lèvres : « Qui va jouer la mère ? »

Au bout d'un moment de conversation, il m'a demandé avec un mélange d'enthousiasme et d'anxiété : « Est-ce que vous avez aimé la scène où Mme Narboni fait ci et ça et ci et ça ? »

J'ai cru que j'allais me trouver mal. Quoi ? Mme Narboni ? ! C'est de moi qu'on parlait ? Mais c'est pas vrai ça ! C'est pas possible ! C'est trop beau ! Merci mon Dieu !

La main sur le combiné, je hurlais ma gratitude au plafond : « C'est moi, la purée ! C'est moi ! Merci ! Merci ! Merci ! »

Ce n'était pas de trop pour le rôle merveilleux que l'on venait de m'offrir et auquel, très franchement, je n'avais pas songé une seule seconde. En revanche, j'avais mon idée sur le comédien avec lequel je pourrais faire un couple épatant. C'est pourquoi j'ai demandé aussitôt à Arcady s'il avait déjà trouvé quelqu'un pour faire mon mari.

« Non. Je cherche. Je fais passer des auditions.

– Vous avez pensé à Roger Hanin ? J'ai tourné *Le Sucre* avec lui. Il était formidable. »

Ça n'est pas tombé dans l'oreille d'un sourd. Arcady a demandé à Rouffio de lui passer une petite séquence du *Sucre* pour voir comment ça fonctionnait entre Hanin et moi, et voilà comment on s'est retrouvés mari et femme, encore une fois. Lui, si grand, si baraqué, et moi, si petite... « La naine », comme il m'appelle affectueusement.

Quel tournage ! Un peu à Paris, un peu à Bizerte, sous le soleil de là-bas. Ça m'a d'ailleurs fait un drôle d'effet... La couleur du ciel, les odeurs, les paysages, c'était troublant. Et l'histoire du film est tellement proche de celle que mes parents ont vécue... Les Narboni, petits épiciers de Tadjira, ne croient pas une seconde qu'ils vont être obligés de partir, « une main devant, une autre derrière », comme le leur prédit leur vieux copain Jacob. Et pourtant, ils vont céder leur commerce pour une bouchée de couscous et se retrouver à Paris, plus démunis que des vagabonds. Le jour même de son arrivée, la pauvre Marguerite, affalée sur les marches de la gare de Lyon, au milieu de ses bagages et de ses paquets, subira la pire des humiliations : quelqu'un lui glisse une pièce de monnaie, comme à une mendiante...

Après ça, Marguerite Narboni s'étiole, Albert, son mari, se fait houspiller par son employeur qui lui reproche de prendre son magasin pour une casbah, et Paulo, leur fils, ne vient plus manger le couscous familial du dimanche, qui de toute façon n'a plus le même goût que là-bas. Ainsi va la vie des rapatriés, loin, si loin du soleil de Tadjira.

De quoi verser sa larme douce-amère, et de quoi éclater de rire aussi.

Avec ce film, très bien adapté du roman de Daniel Saint-Amont, Arcady, « l'homme du souvenir », comme il se définit lui-même, m'a fait un très beau cadeau. Et puis j'étais très bien entourée. Bruel, mon fils de cinéma, était un tout jeune homme à l'époque, timide, charmant, avec ce côté un peu gauche qui a si bien servi son personnage dans le film : un grand ado paumé, perdu dans la tourmente du rapatriement. A ce moment-là, il ne parlait que de chanson. Depuis, il a montré tout ce qu'il pouvait faire en tant qu'acteur et aussi en tant que chanteur. J'ai été très heureuse de le retrouver en 1988 dans *L'Union sacrée*, d'Arcady, avec Richard Berry. L'histoire de deux flics, un juif et un arabe, qui font équipe malgré eux pour démanteler un trafic de drogue. A nouveau, j'étais la mère de Bruel. Mon « Patriiiick » était devenu un jeune homme magnifique. En le voyant si beau, si rayonnant, je me suis dit : « Purée ! Il a bien poussé, mon garçon ! »

Quant à Roger, tourner avec lui est un vrai bonheur. Expansif, rieur, il est toujours le premier à raconter des blagues. Lui et moi, on a les mêmes racines, le même langage. On dirait que nous avons été à l'école ensemble. D'ailleurs, avec les grands pros, je n'ai jamais eu de problème.

A la toute fin des années soixante-dix, je commençais à être plutôt bien dans mes baskets de comédienne. Je travaillais pas mal et, du coup, je me sentais plus à l'aise dans ma peau. Ce n'est pas pour autant que je me suis mise à me pomponner davantage ! De ce côté-là, je suis restée très expéditive. Une douche, un coup de peigne, et le tour est joué. Je n'ai pas de temps à perdre avec ça ! Cela dit, au cinéma, j'aime bien qu'on s'occupe de moi, qu'on me maquille, qu'on me fasse belle... Mais je serais bien incapable de me faire une tête tous les jours.

A propos de tête, si vous aviez vu la mienne, le matin où mon agent, Olga Horstig, m'a téléphoné pour me dire qu'une production américaine venait d'envoyer un télégramme pour moi ! Il y aurait eu de quoi la faire encadrer, ma tête !

« Qu'est-ce que c'est que cette histoire ? C'est une blague ?

– Pas du tout. Passez donc à mon bureau, j'ai quelque chose à vous montrer. »

Je file à son bureau et là, effectivement, elle me tend un télégramme rédigé en anglais qui disait à peu près ceci : « Nous voudrions rencontrer Mme Villalonga pour tel rôle dans le film *The Big Red One*, mis en scène par Samuel Fuller. » Non, mais pincez-moi, je rêve ! J'ai à peine eu le temps de m'étonner que déjà l'angoisse montait.

« Attendez, c'est pas possible ça, je ne parle pas américain, moi !

– Ne vous inquiétez pas. Le rôle n'est pas très long. Ça va aller. Le producteur arrive la semaine prochaine. Je vais vous organiser un rendez-vous avec lui. »

Pour être contente, j'étais contente, mais j'avais les chocottes.

« Ça va aller, vous verrez », me répète Olga d'une voix très convaincue, et elle ajoute : « De toute façon, il parle très bien le français. »

Avec mon père et ma mère, devant le Café de France.

L'orchestre familial de l'Eden Cinéma. Au piano, ma mère.

La façade du Café de France. Moi, assise sur la table.
Debout en arrière-plan, ma mère, la seule femme.

Le petit cabanon de Jean-Bart.

Les femmes de la famille sur la falaise de Jean-Bart.
De gauche à droite : Annie, tata Lélé, tata Loulou, maman, moi.
Accroupie, Liliane, et dans le fauteuil,
la reine mère, ma grand-mère.

Le petit port de Jean-Bart.

Ma classe de maternelle, à Maison-Carrée. Sur la rangée du haut, la deuxième en partant de la gauche, avec le chouchou, c'est moi.

Ma classe de troisième, que je retrouverai en 1989, lors de l'émission *Avis de recherche*, de Patrick Sabatier.

1961 : Fin d'année au cours Simon.
Avec le patron, René Simon.

Zizou, Nono et moi.
Notre dernière photo prise
en Algérie, en août 1963.

Deuxième retour au pays
de *La Famille Hernandez*.
Tournée dans toute l'Algérie
et dans les popotes.

1972 : Au théâtre, dans *La Royale Performance*,
avec ma gentille complice, Jacqueline Maillan.

1976 : Sur le court de tennis, dans *Un éléphant ça trompe énormément*, d'Yves Robert. Avec Victor Lanoux et, derrière moi, Claude Brasseur.

Un an plus tard, je redeviens la mère de Guy Bedos dans *Nous irons tous au paradis*.

1978 : *Le Coup de sirocco*, d'Alexandre Arcady. Avec Roger Hanin, bien sûr, le tout jeune Patrick Bruel et Michel Auclair.

1980 : *L'Inspecteur La Bavure*, avec le généreux Coluche.

Le joyeux quatuor de *Maguy* :
Jean-Marc Thibault, Rosy Varte, ma pomme
et Henri Garcin. Une aventure au long cours.

En 1981, dans *La Baraka*.

Avec la sympathique troupe de *Comment devenir une mère juive en dix leçons*.

Au Portugal, en 1992, pendant le tournage du film *Les Mamies*.

Ma double récompense : la Légion d'honneur,
remise par Edwige Feuillère, en 1992.

Une des scènes
du film de Téchiné,
Ma saison préférée :
mon fils me sort
de l'hôpital.

Mai 1993 : Triomphale montée des marches au festival de Cannes, avec l'équipe de *Ma saison préférée*.

Ma saison préférée : entre mes « enfants », Catherine et Daniel.

Avec Jérôme Anger, dans *Docteur Sylvestre*.

Très chic, au théâtre, dans *Croque-Monsieur,* de Marcel Mithois, créée par Jacqueline Maillan.

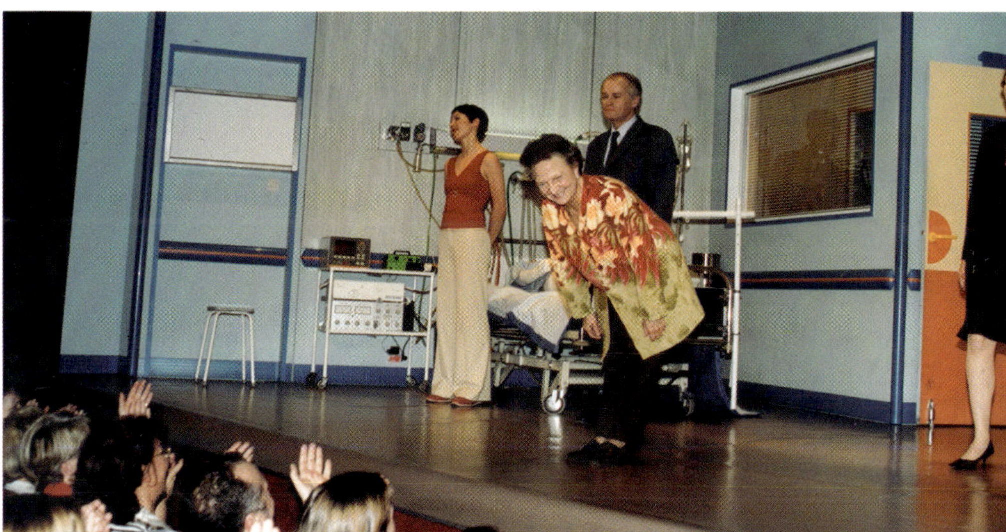

A la fin d'une des très nombreuses représentations de *Soins intensifs,* de Françoise Dorin. Toute l'équipe salue le public.

Avec Annie, ma cousine et compagne de voyage, en Indonésie. En 1999.

Les mêmes, un an plus tard, au Canada.

Photos. Page 5 : Studio Lipnitzki/Roger Viollet (haut), Studios P.A.I.R. (bas) ; page 6 : Nicolas Treatt ; page 8 : Gaumont (haut) ; page 9 : Marc Seguin (haut), Gérard Fernandez (bas) ; page 11 : Pat/Stills ; pages 12 -13 (bas) : I. Weingarten/Sygma ; Page 14 : Alya ; page 15 (haut) : I. Simon/Sipapress.

J'étais soulagée.

Le jour venu, je me suis pointée à l'hôtel où je devais rencontrer *the productor*. Là, j'ai vu arriver vers moi un très bel homme, souriant et décontracté. Le rêve américain en marche... A moi Hollywood !

Je ne sais pas ce qui m'est passé par la tête – une bouffée délirante probablement ! – mais voilà qu'au lieu de lui dire « Bonjour, monsieur », je lui lance : « *Good morning, Sir !* »

Sitôt fait, je me dis : « Mais ti es folle ! Pourquoi tu lui parles en anglais ? » Résultat : il me répond dans sa langue. Et nous voilà partis tous les deux – enfin, surtout lui – dans une conversation insensée où j'arrive tant bien que mal à comprendre de quoi il retourne.

« *Do you know the script ?* »

Je *know* rien du tout, alors je bredouille : « *No... no...* »

Sur ce, il s'embarque dans le récit détaillé du scénario et, moi, avec mon peu d'anglais, j'arrive à piquer quelques mots ici et là, des bribes qui éclairent plus ou moins ma lanterne.

« *During the war...* »

Ah oui, *the war*, c'est la guerre ça, et j'opine du chef : « *Yes... yes...* » d'un air sombre et accablé.

Il continue : « *A French woman...* »

Ah oui, une femme française, donc c'est moi, et j'approuve : « *Yes, yes...* » d'un air entendu.

A un moment, il me dit : « *It's holiday...* » et je réponds : « *Oh, yes, yes...* » d'un air joyeux.

L'idiote du village !

A la fin, il a conclu en me disant : « Si vous êtes libre en septembre, *it's OK*. Vous faites le film. » Tout ça, bien sûr, en anglais...

Folle de joie, j'ai couru annoncer la nouvelle à mon agent.

« Mais j'en étais sûre », a-t-elle commenté sans étonnement.

Deux semaines plus tard, elle m'annonçait que Samuel Fuller, le metteur en scène, était à Paris et voulait me voir, lui aussi.

« Il parle français au moins ?

– Non, pas un mot. »

Ça promettait d'être rigolo et ça l'a été. Remake de la première scène, au même endroit, sauf que, cette fois-ci, l'homme que j'avais en face de moi jouait à fond tout ce qu'il racontait. A fond.

« *During the war...* »

Rien qu'à voir sa tête catastrophée, j'avais l'impression qu'une bombe allait nous tomber dessus. Et moi, bien sûr, je lui ai répondu sur le même ton, en tirant une gueule de quatre pieds de long.

« *It's terrible !* »

Je plaçais tous les mots que je pouvais, faisais des mimiques terrifiées ou ravies selon ce qu'il me racontait. A un moment, j'ai compris grosso modo que je jouerais le rôle d'une patronne d'hôtel, d'origine franco-belge, qui organise une petite fête en l'honneur du régiment baptisé « *Big Red One* », le premier à avoir fait une avancée victorieuse dans la bataille des Ardennes. Pour que la fête soit complète, elle invite des filles. J'en ai déduit que l'ambiance serait très gaie, très conviviale. Alors, j'ai pris un air enjoué : « *Oh ! It's a very good idea ! It's funny !* »

Si on nous avait vus, tous les deux, on nous aurait pris pour des fous. Il grimaçait, je grimaçais ; il riait, je riais.

A la fin de l'entretien, il m'a dit : « *It's OK for me. And you ?*

– *Me too.* »

C'est comme ça qu'a commencé mon aventure américaine. Je suis allée tourner à Dublin et dans un château magnifique de la campagne irlandaise. Lee Marvin jouait le capitaine du régiment. Il y avait aussi Robert Carradine, Bobby Di Cicco, Killy Ward et Mark Hamil, qui avait fait *La Guerre des étoiles.* Du beau linge. Et, de leur part à tous, une gentillesse confondante. J'ai été intégrée dans le groupe sans aucun problème.

Au départ, Fuller voulait que je chante une petite chanson dans ma grande scène du banquet; finalement, il a changé d'avis. En fait, c'est moi qui, involontairement, lui ai suggéré de le faire. La veille, pendant la pause, l'équipe avait grignoté un morceau sur la pelouse du château, et comme je m'étais contentée d'un œuf dur (lorsque je tourne, je ne mange presque rien), ça a été vite fait et je suis donc retournée faire un tour dans le château où, là, dans un des salons, qu'est-ce que j'ai vu ? Un piano... Miracle ! Malgré la présence d'un machino qui bricolait discrètement dans un coin, je n'ai pas résisté à la tentation. D'ailleurs, la partition de Chopin, un nocturne, posée sur le piano, semblait me tendre les bras... Je me suis mise à jouer doucement. Le machino en a redemandé. J'ai remis ça. Des figurants sont arrivés et j'ai continué, mais pas longtemps parce que je préfère jouer en solitaire, en égoïste. Voilà comment, le lendemain, Sam Fuller m'a dit : « Vous ne chantez plus, Marthe.

– Ah bon ? OK.

– Non, à la place, vous jouerez du *Chopine.* »

A-t-il été informé par le machino? M'a-t-il entendue jouer? Toujours est-il qu'il a modifié son plan de travail en une nuit.

Après le tournage de la fameuse scène du banquet, j'ai poussé un double soupir de soulagement. Parce que Fuller avait l'air content et parce que Lee Marvin m'a fait signe, le pouce en l'air, pour me dire à sa façon : « *It's perfect!* » C'est cet enthousiasme qui m'a le plus frappée chez les Américains. Ils sont très communicatifs, très « nature », et quand une scène a bien marché, ils ne s'embarrassent pas pour le dire. Ça fait du bien. A l'inverse, s'il y a quelque chose à creuser, ils le disent aussi. C'est net et précis.

Je m'en suis d'ailleurs aperçue lorsque, quelques années plus tard, j'ai eu l'occasion de tourner avec... Jerry Lewis ! Ce n'est pas une blague. Le film, réalisé par Philippe Clair et qui s'appelait *Par où t'es rentré ? On t'a pas vu sortir*, est l'histoire d'un détective privé chargé de confondre un mari infidèle. Quand Philippe m'a téléphoné pour m'annoncer qu'il préparait un film et que j'avais un beau rôle dedans, je ne me suis pas jetée dessus, parce que, vu tous les projets qui se profilaient à l'horizon, je n'étais pas sûre d'être libre. Mais quand il m'a dit : « Tu sais qui va jouer dans le film ? Jerry Lewis », j'ai bien cru qu'il délirait à pleins tubes.

Jerry Lewis ! Et puis quoi encore ? Renseignements pris, c'était la vérité. Alors là, je n'ai pas hésité : « Même si le rôle est tout petit, je le fais. Je vais m'en payer une bonne tranche. » Bien vu. La scène que j'avais avec lui était effectivement très drôle. Je devais lui faire du charme, en grand décolleté et tout. A la première prise, j'y suis un peu allée sur des œufs. En tout cas de l'avis de mon partenaire qui a pris les choses en main avec beaucoup de conviction. Comme il ne parlait pas un mot de français, il m'a indiqué ce que je devais jouer par des gestes, des regards, des grimaces à se tordre de rire. Un vrai guignol ! On s'est bien amusés, et même si le film n'est pas resté dans les mémoires, la scène au moins était réussie. Et puis, je pouvais dire que j'avais rencontré Jerry Lewis, ce qui n'est pas rien !

En 1982, quatre ans après *The Big Red One*, j'ai tourné un autre film de Sam Fuller, *Les Voleurs de la nuit*, avec Véronique Jeannot.

Entre-temps, on est devenu très copains, Sam et moi. C'est comme ça que j'ai appris qu'il avait été grand reporter pendant la guerre et que *The Big Red One* était une histoire authentique, la sienne. Engagé à vingt-cinq ans, il avait participé à tous les grands barouds des combattants du drapeau étoilé, en Afrique et en Europe, noircissant des pages et des pages de notes et collectionnant les médailles. Bien qu'il ait été le cinéaste le plus censuré de la Mecque du cinéma, Fuller n'a jamais renoncé à faire un film de ses aventures militaires. Ce fut *The Big Red One*, œuvre que la critique a qualifiée de « sereine, dépassionnée, épurée, aux antipodes du lyrisme comme de la bravade. Une belle et ample leçon de cinéma ». Le film a du reste été présenté au festival de Cannes.

Amoureux de la France, Samuel Fuller est resté plusieurs années chez nous, avec son épouse qui parlait très bien notre langue, et nous nous sommes revus souvent. Je les faisais beaucoup rire. Je le revois encore mâchonnant son éternel cigare, les yeux pétillants, et mimant tout ce qu'il disait, comme le jour de notre première rencontre.

Dans la vie, tout se lisait sur son visage, alors que sur un plateau il était la sobriété même : quelques indications, peu de répétitions et deux ou trois prises, pas plus. Il savait exactement ce qu'il voulait. Cette façon de travailler est d'ailleurs caractéristique d'un tournage à l'américaine, où tout est cogité, préparé, réglé, minuté très en amont. C'est la même chose pour la formation de l'acteur. Dès l'université, les étudiants peuvent prendre des cours de comédie et de chant. J'ai toujours rêvé qu'en France aussi cela soit possible et... gratuit, comme n'importe quelle autre discipline scolaire, au même titre que le sport. Ceux qui veulent en faire leur métier partent alors avec tous les atouts en main et, le théâtre étant très formateur pour tout le monde, les autres y trouvent de quoi s'exprimer.

Mon amitié avec les Fuller a donné à mon aventure américaine des prolongements humains et affectueux que j'étais loin de prévoir au départ et qui font partie aujourd'hui de mes souvenirs les plus agréables, et les plus joyeux aussi car le couple aimait rigoler autant que moi.

Un soir, après une représentation de *La Mère juive* qu'ils étaient venus voir à la Gaîté-Montparnasse, je leur ai proposé de les raccompagner dans ma voiture. Il faisait un temps épouvantable. Mon pare-brise était couvert de buée, et Sam, très coopératif, s'escrimait à l'essuyer comme il pouvait avec sa main, jusqu'à ce que je lui tende la petite spatule en plastique qui sert de lave-vitres. Mort de rire, il s'en est emparé aussitôt et il a fait le laveur de carreaux pendant tout le trajet, en se bidonnant comme un collégien.

Je n'ai jamais su par quel hasard extraordinaire il était tombé sur la petite comédienne française que j'étais à l'époque. Et je ne le lui ai jamais demandé.

Les quarantièmes rugissants

En 1980, je n'étais pas loin des cinquantièmes, mais on ne va pas chipoter ! La fleur de l'âge, quoi. C'est à partir de ces années-là que beaucoup de choses importantes se sont enchaînées à une cadence convenable, c'est-à-dire sans que je sois tenaillée par le souci des lendemains qui déchantent. Films, séries télé, pièces de théâtre, je n'ai pas eu à me plaindre.

C'est bizarre, la vie. La carrière de certains démarre en trombe, à la faveur d'un très beau rôle ou d'une rencontre capitale ; pour moi, exception faite de *La Famille Hernandez* qui est partie comme une fusée, ce ne fut pas tout à fait le cas. J'ai fait mon chemin de comédienne étape par étape, pas à pas, bien contente à chaque fois non seulement d'avoir du boulot, mais aussi de vivre une nouvelle aventure, de nouvelles rencontres, un nouveau personnage.

De toute façon, ce qui a toujours compté le plus dans mes choix, c'est moins l'épaisseur du rôle que l'histoire, ce qu'elle raconte, ce qu'elle m'inspire, et ensuite ce que je peux y faire. Une scène, deux scènes, trois scènes, peu importe ! Je prends le métier comme il vient, et c'est vrai qu'à partir des années quatre-vingt, quatre-vingt-dix, il est venu sans se faire trop prier. Tant et si bien qu'un beau jour de mai 1992, chez moi, à Cannes, je me suis retrouvée, grâce à un film superbe, *Ma saison préférée*, d'André Téchiné, en haut des marches du festival, à côté d'acteurs prestigieux.

Mais avant cela, j'ai semé plein de cailloux blancs sur mon chemin de petit Poucet. Autant de repères, d'étapes, qui m'ont permis d'avancer. Parfois, je ne me suis pas aperçue tout de suite de l'importance des événements professionnels que je traversais. Il m'a souvent fallu un certain recul pour en prendre conscience. N'étant pas du style à me pencher sur mon ego du matin au soir, ni à collectionner les coupures de presse, je me fie entièrement à mes sensations, à ma mémoire, qui est bien meilleure que ma façon d'archiver les articles ou les photos me concernant. Je n'ai pas le culte du souvenir professionnel, alors j'entasse tout, en vrac, dans des cartons. Pour retrouver quelque chose là-dedans, bonjour ! Il a quand même bien fallu que j'y mette le nez pour écrire ce livre et, bien que je ne sois pas très douée pour ce genre d'exercice, j'y ai éprouvé un certain plaisir, surtout celui de revoir, au gré des photos, des visages extraordinairement présents. Un peu comme si le temps n'avait guère compté. Et pourtant la chronologie est là, avec ses points d'ancrage, ses flous, ses travellings, ses fondus enchaînés.

La décade des années quatre-vingt s'ouvre sur un film léger et divertissant, *L'Inspecteur La Bavure*, de Claude Zidi, avec Coluche et Gérard Depardieu. Gérard jouait un dur, recherché par toutes les polices, qui a l'idée de devenir l'ami de Coluche, inspecteur sans malice, roi de la gaffe et du renseignement malgré lui. Bien sûr, c'est une ruse. En fait, Depardieu veut enlever une fille à papa

(Dominique Lavanant) dont Coluche est chargé d'assurer la protection. Informé sur tout ce qui se prépare contre lui, le voyou finit par se faire avoir par la naïveté de l'inspecteur avec lequel il se lie d'amitié. Après des mésaventures catastrophiques, celui dont la carrière avait commencé sous les pires auspices se retrouve couronné de lauriers, au premier plan de l'actualité.

Une histoire bien menée qui a beaucoup fait rire.

Au départ, j'avais un petit a priori sur Coluche. Certains de ses sketchs me choquaient un peu. Je n'aime pas trop les gros mots. Je trouvais qu'il y allait un peu fort. Je me demandais comment ça allait marcher entre nous. J'étais sa mère dans le film. Une mère très aimante, très protectrice, qui croit en son rejeton, même si le rejeton ne semble pas, au départ, promis à un brillant avenir. Pauvre inspecteur ! Reçu dernier de sa promotion, « par indulgence du jury et eu égard aux services rendus par son père », un super flic, il n'a qu'un seul allié : sa mère, c'est-à-dire moi, dame pipi au Fouquet's.

Le rôle était épatant, mais j'appréhendais un peu la première rencontre avec l'homme à la salopette. Elle a eu lieu dans la cour d'une succursale de la préfecture de police. Au moment où l'assistant s'apprêtait à me conduire à lui, c'est lui qui s'est levé pour venir à moi. Sa façon de me dire bonjour, de m'accueillir avec un grand sourire, m'a complètement séduite. Il dégageait une telle gentillesse, une telle courtoisie ! Il m'a offert une chaise et m'a remerciée chaleureusement d'avoir accepté d'être sa mère. On a bavardé comme si on se connaissait depuis longtemps et, quand l'heure est venue de tourner, il m'a lancé tout à coup un « Allez, ma poule, on y va ! » qui m'a fait rire et fondre en même temps. Le clown provocateur était devenu mon chouchou.

Quant à Gérard, cette force de la nature, ce chien fou, il a vraiment été adorable avec moi. Le voir travailler est un spectacle en soi. Il y va à fond, sans s'économiser, généreux, truculent, époustouflant de naturel. La scène du hold-up dans un atelier d'orfèvrerie dont les ouvriers sont des handicapés est un moment de comique absolu !

Tout ça pour vous dire que j'étais gâtée. Entre l'ogre et l'amuseur public numéro un, ce tournage fut une promenade de santé. On était sur la même longueur d'onde. Personne ne faisait d'ombre à personne. Depardieu, Coluche et moi, nous étions trois comédiens occupés à faire le même métier, avec la même conviction et, il faut bien l'avouer, avec, de temps en temps, la même envie de déconner entre les prises. De ce côté-là, Gérard et Michel n'étaient pas en reste !

C'est donc avec un vrai plaisir que j'ai retrouvé le second, un peu plus tard, dans un autre film de Claude Zidi, *Banzaï*. Une comédie exubérante et farfelue où je n'avais qu'un petit rôle, mais le tandem Coluche-Zidi m'avait tellement plu qu'il ne me serait pas venu à l'idée de refuser. Claude Zidi n'est pas triste lui non plus. Sa nature extravertie et joviale met de la bonne humeur sur un plateau et, comme le rire, c'est ma vitamine C à moi, j'en redemande !

En 1982, j'ai tourné *Les Innocents*, avec Sandrine Bonnaire. Mon premier Téchiné, l'histoire d'une jeune femme, héroïne d'un fait divers qui revient sur ses pas longtemps après et ranime les passions autour d'elle. Un rôle d'émotion pour moi, aux côtés d'une partenaire et d'une femme superbes. Tourner avec Sandrine est un régal. Sensible, discrète, sympa, belle et sans artifices, tout ce que j'apprécie, à la scène comme dans la vraie vie. Jean-Claude Brialy jouait lui aussi dans ce film. Malheureusement, nous n'avions pas de scènes ensemble, et je l'ai regretté parce que je le connaissais déjà un peu et que j'aurais bien aimé le côtoyer à nouveau, car j'apprécie son humour et cette élégance intérieure et extérieure qui le caractérise.

Du reste, j'ai souvent été frustrée sur les tournages de n'avoir pas le temps de connaître mieux les gens et les équipes. En quelques jours, on ne peut pas approcher tout le monde, alors que mon plus grand plaisir est de rencontrer les autres. Je suis à la fois conviviale et solitaire, paresseuse et active. Quand faut y aller, j'y vais à cent à l'heure et j'aime bien partager, mais je peux aussi rester des heures en contemplation sur mon balcon.

Dans *Les Innocents*, Téchiné m'avait confié le rôle d'une patronne d'hôtel, pas vraiment déjantée mais un peu à la masse, perdue dans le souvenir de son défunt mari. A la fin du film, elle demande à Sandrine Bonnaire de lui garder son hôtel parce que son époux l'appelle. En fait, elle file au cimetière pour aller parler au mort, comme elle lui parlait lorsqu'il était de ce monde. C'est une belle scène, émouvante, pudique, une de celles qu'on m'offre rarement. Cela m'a permis de me montrer sous un jour différent, ce qui me plaît beaucoup, en tout cas à l'écran. Au théâtre, il m'est arrivé de refuser des rôles dramatiques parce que j'ai eu peur que mon public soit désorienté et qu'il ne suive pas. Comme c'est lui qui m'a faite, j'ai à cœur de le divertir, de le rendre heureux du mieux que je peux. C'est la moindre des choses. Il m'a tant donné ! Je ne veux pas le décevoir. Son amitié m'est trop précieuse, ses preuves d'amitié aussi. Il ne se passe pas un jour sans qu'un mot aimable, un petit signe de connivence, ne vienne me rappeler que je fais partie de sa mémoire et de son cœur.

Quand je pense à tout ça, je me dis que ce métier est une merveille et qu'il n'y a vraiment pas de quoi se prendre le chou avec ! Marcello Mastroianni, dans une interview, disait exactement la même chose. Tout est bon à prendre. Le public nous aime, les gens sont aux petits soins, on vous bichonne, on vous guide, on vous encourage. Si vous tournez dans le froid, on vous apporte des plaids, et si vous jouez dans la canicule, on branche un ventilo rien que pour vous. C'est plutôt relax, non ? Et même si le rôle est très difficile, le risque de se casser la gueule est très relatif par rapport à tous les autres dangers qui nous guettent ici et là dans la vraie vie. Le « risque artistique » est tout de même moins risqué qu'on ne veut bien le dire... Parlons plutôt d'enjeu.

Ces années fastes, je m'en rends compte en débobinant mon fil, ont été jalonnées d'aventures merveilleuses.

D'abord, Pagnol. Je ne l'ai pas rencontré personnellement, mais j'ai eu l'honneur de bavarder avec son épouse, Jacqueline. J'adore toute l'œuvre de Pagnol, en particulier la trilogie : *Marius*, *Fanny*, *César*. Donc, lorsque Raymond Pellegrin est venu me proposer de jouer Honorine dans *Marius*, j'ai sauté au plafond de joie. Le rôle est magnifique, c'est un vrai cadeau. Et comme Pellegrin était un ami intime de Pagnol, sa mise en scène a collé à l'esprit de l'auteur, ce qui a donné un spectacle d'une rare authenticité. Nous l'avons tourné en France, plusieurs mois durant. Cela m'a permis de mesurer tout le talent de Pellegrin, sa capacité à se mettre en retrait pour laisser le champ libre à ses partenaires, sa façon de servir la pièce pour qu'elle soit toujours et en priorité au premier plan. Prendre l'accent du Midi ne m'a posé aucun problème. Au contraire, c'est même un régal. J'adore cette musique-là, cette pointe d'ail. Peut-être le lointain héritage de ma grand-mère du Midi, la seule métropolitaine du clan.

« Bonjour, tonton Raymond ! » C'est comme ça que je saluais Pellegrin les jours où je le sentais en forme. Sinon, je me contentais d'un simple « Bonjour, Raymond » et je disais aux petits jeunes de la troupe de le laisser tranquille. Lorsque, en tournée, on se tape trois ou quatre cents kilomètres la veille d'une représentation, on ne peut pas avoir la banane tout le temps. On a le droit d'avoir des humeurs. Quand tout allait bien, Raymond Pellegrin me lançait : « Salut, tata bougnoule ! » et il ne me serait pas venu à l'idée d'en prendre ombrage. C'était plutôt affectueux et sans aucune arrière-pensée. A sa mine épanouie, je savais alors, dès le matin, que la journée serait au beau fixe. A chacun sa façon de fonctionner. Moi-même, je dois avouer qu'il y a des moments où je me ferme comme une huître. Pour me tirer un mot, vous pouvez toujours courir !

En tout cas, cette tournée fut en tout point une tournée de rêve. Et généreux avec ça, M. Pellegrin ! Non seulement il offrait des pots, mais il nous a tous invités chez Troisgros, à Roanne. Pour une gourmande comme moi, c'est une chose qui marque.

J'ai retrouvé cet esprit méridional que j'aime tant, plein de gaieté et d'émotion, un peu plus tard, en 1988 avec *L'Arlésienne*, de Daudet. Lorsque Jean Franval, le metteur en scène, m'a contactée, il m'a prévenue tout de suite : « J'ai un beau rôle à te proposer mais je ne sais pas si tu vas l'accepter parce c'est pour un seul jour.

– Oh là là, un seul jour ! Mais où ça ?

– A Tarascon, à l'abbaye de Frigolet. »

Je ne connaissais pas l'abbaye, mais j'avais déjà entendu parler des grandes fêtes de Tarascon. Ça m'a mis l'eau à la bouche. J'ai donc demandé des précisions :

« C'est quoi, la pièce ?

– *L'Arlésienne*. »

Je n'ai pas hésité une seconde.

« Bon, alors je le fais. »

Sombre histoire mais sublime mélo. J'étais partante à cent pour cent. Un texte aussi beau ne se refuse pas. Et le rôle de Rose Mamaï, la mère de l'amoureux désespéré qui se tue à la fin, est tellement bien écrit !

J'ai eu raison de suivre mon instinct. Nous avons eu un succès si retentissant à l'abbaye de Frigolet que les représentations ont été prolongées dans la région d'Avignon. De date en date, éparpillée de-ci, de-là, cette *Arlésienne* qui ne devait se jouer qu'une seule fois nous a tenus en haleine un bon moment. C'est bien la preuve qu'il vaut mieux se fier à son flair qu'à l'importance du contrat. On peut avoir des surprises épatantes. Je n'oublierai jamais ces représentations féeriques, dans le Midi, au pied d'une colline, sous un ciel étoilé, ni ce troupeau de moutons que le metteur en scène avait fait venir et qui descendait lentement des hauteurs, traversait l'aire de jeu, guidé par son berger... C'était d'une beauté et d'une poésie !

La même année, me voilà embarquée dans une pièce d'Eduardo De Filippo, *Samedi, dimanche, lundi*, montée par Georges Wod pour le théâtre de Carouge, en Suisse. Ah ! De Filippo !... Dès que j'entends le nom de cet auteur napolitain, presque né sur les planches au début du siècle dernier (il a débuté à quatre ans dans une parodie de son père adoptif, Eduardo Scarpetta), ça fait tilt dans ma tête. Son théâtre est digne du plus grand cinéma italien. Personne mieux que lui n'a su décrire la misère et la noblesse du peuple de Naples, ses passions volcaniques, ses superstitions, sa bonhomie et son amour des discours. Cette fantaisie, cette vitalité me vont droit au cœur. C'est vraiment un théâtre d'expression populaire. J'adore ça.

Encore une fois, je tenais le rôle de la mamma, donna Rosa, une femme énergique, truculente. C'est elle qui mène la baraque. Un beau personnage explosif et un beau pari aussi, parce qu'il fallait jouer dans l'excès, mais pas dans l'hystérie. Gabriel Jabbour interprétait mon mari, Peppino, honnête commerçant, bon père, mais aussi homme rongé par la jalousie. Il croit qu'il est cocu, le pauvre ! Autour du couple s'agite toute une tribu au sang généreux et aux nerfs à vif. Les rancœurs accumulées sont largement exposées, le temps d'un week-end, devant tous les membres de la famille réunie.

Nous étions une bonne quinzaine à hurler et à trépigner sur le plateau, tout en mangeant des spaghettis cuits *al dente* : le « drame » éclate autour de la table, le samedi à l'heure du déjeuner, tourne au vinaigre le dimanche et s'apaise enfin le lundi.

J'ai eu l'impression de jouer en italien, tellement l'adaptation de Mme Wod-Lacher était proche de la langue d'origine. C'était joyeux, alerte, tonique et *tutti quanti* ! En un mot : ma-gni-fi-que. D'ailleurs, le public était fou de joie.

Un jour, à l'entracte, quelqu'un me dit : « Sophia Loren est dans la salle. » Et, moi, bien entendu, j'ai répondu : « D'accord, c'est ça ! Ma sœur aussi, elle y est ! » Et qui j'ai vu arriver dans ma loge après le spectacle ? Sophia Loren en personne, accompagnée de son plus jeune fils. Aaaah ! Autant dire que j'ai vu entrer le soleil ! Belle, chaleureuse et, pour couronner le tout, littéralement emballée par la représentation qu'elle venait de voir.

« C'est formidable. Vous êtes formidable. Une vraie Italienne. »

Sur ce, elle m'a embrassée avec fougue. J'étais sur un petit nuage. Ce fut un moment magique. Cette femme est un enchantement. Toutes les cinq minutes, je me disais : « *Mamma mia !* C'est vrai, c'est bien elle ! » Pire qu'une gosse devant une fée.

Malheureusement, la traductrice officielle de De Filippo nous a refusé les droits pour jouer la pièce à Paris et, à part une virée d'une semaine à Marseille, chez Maréchal, nous n'avons pas pu prolonger ce bonheur théâtral autant que nous l'aurions souhaité. C'est un de mes grands regrets.

Entre-temps, j'ai quand même trouvé un moment, au début des années quatre-vingt, pour déménager de mon petit nid et m'installer enfin dans un appartement plus grand et plus sympa que tout ce que j'avais pu connaître auparavant. Je suis restée dans le même quartier, entre Nation et Bastille. C'est un quartier qui me plaît bien, pas snob, pas prétentieux, où j'ai pris mes marques depuis longtemps. J'ai eu le coup de foudre dès la première visite. Un coin calme, retiré, où j'entends au printemps le chant des moineaux et le souffle du vent. C'est important pour moi, il faut que je voie du vert. Là, j'ai de quoi me ressourcer entre deux tournées, en écoutant Duke Ellington, Glenn Miller, Sinatra, Dean Martin, Brel et Piaf, Sardou, Lama et Ferrat. Ce sont mes chéris, mais ce ne sont pas les seuls. Je suis très éclectique. Beaucoup, dans des genres différents, m'ont apporté de grands moments d'émotion.

Dans cet appartement, qui n'est pourtant pas immense, mais qui me semble grand parce que j'ai toujours vécu à l'étroit, j'ai pu installer tous mes bouquins, tous mes disques, mes souvenirs de voyage, de tournée, et, bien sûr, mon piano qui, pour une fois, trône comme un roi au milieu de l'espace. La vedette, c'est lui.

Au début de ces années quatre-vingt, j'ai tourné avec Lelouch, dans *Les Uns et les Autres*, une fabuleuse saga qui traverse les époques et les générations. Quatre familles différentes, mais partageant une même passion pour la musique, voient leur destin marqué par la Seconde Guerre mondiale. J'étais l'épouse de Paul Préboist, cet homme si drôle et si touchant, et la mère de la délicieuse Evelyne Bouix. Je n'avais que deux scènes, mais elles étaient très chargées en émotion puisqu'elles racontaient le départ des juifs pour les camps. Je regrette de n'avoir pas tourné autre chose avec Lelouch car j'ai beaucoup aimé sa façon de travailler, caméra à l'épaule, son côté hyperactif et précis. Il a l'œil partout, rien ne lui échappe.

Paul Préboist, je l'ai retrouvé en 1987, dans une série télévisée, *La Calanque*, réalisée dans un premier temps par Jean Canolle, un homme exquis, puis continuée par Abder Isker.

Jean-Pierre Darras, cet immense acteur, ancien du TNP, qui nous a quittés il n'y a pas si longtemps, tenait le rôle principal. Avec lui, ni problème ni prise de tête, mais, quand il le fallait, il savait parler net, sans prendre de gants. C'est toujours très salutaire dans le travail. Entre les prises, son humour subtil et sa grande culture (il était incollable sur Molière, auquel d'ailleurs il ressemblait physiquement) faisaient ma joie et mon admiration. Avec Préboist et lui, on a passé de très bons moments à discuter de tout et de rien.

La Calanque a fait un excellent Audimat, selon l'expression consacrée aujourd'hui. Un franc succès, on peut le dire. Je jouais l'épouse de Darras. On tenait un café. Le tournage a eu lieu dans une crique sublime, près de Marseille. Dès que j'entendais : « Coupez ! La journée est finie. A demain ! », j'enfilais mon maillot, je dévalais les escaliers et, hop ! je plongeais dans la grande bleue !

C'est sur ce tournage de rêve que j'ai retrouvé le copain Jean-Luc, mon coiffeur (et néanmoins ami !), que j'avais déjà croisé dans *La Baraka*. Depuis ce film, on s'était liés d'amitié, lui et moi. D'abord parce qu'il a un coup de peigne formidable, ce qui est primordial pour quelqu'un comme moi, jamais très sûre de mon image à l'écran, ensuite parce j'apprécie son sens de l'humour, et enfin parce que nous avons en commun sur un tournage des fonctionnements assez semblables, une façon de vivre plutôt pépère. Le soir, au lieu d'aller dans les restos du Vieux Port, on aimait mieux se prélasser dans un transat, sur la terrasse de notre hôtel, face à la mer, face aux îles, en grignotant une cuisse de poulet que nous avions fait tiédir sur le radiateur.

Un jour, il arrive tout fier, tout content, avec, aux pieds, une super paire de Santiags qu'il me fait admirer sous toutes les coutures. Seulement, une fois rentré dans sa chambre, impossible de les enlever. Rien à faire, même à l'aide du morceau de plastique qu'on lui avait donné pour faciliter l'opération. Il m'a appelée au secours : « Marthe, s'il te plaît, viens m'aider à me déchausser ! »

Je l'ai rejoint et me suis escrimée tant que j'ai pu sur ces satanées bottes qui, hélas, résistaient à tous mes efforts.

En désespoir de cause, je me suis installée, tournant le dos à Jean-Luc, comme les cow-boys, à cheval sur une jambe et j'ai tiré de toutes mes forces. La Santiag cédait lentement, très lentement, centimètre par centimètre.

« Han ! Han ! »

A chaque progrès Jean-Luc, au bord de la délivrance, m'encourageait d'une voix de stentor.

« Encore ! Encore ! Oui !... Vas-y, Marthe, ça vient, ça vient !... Ah, oui, là, c'est ça ! Vas-y !... Encore ! »

Je me demande toujours aujourd'hui ce que nos voisins ont dû penser en nous entendant pousser nos cris de bêtes en rut. Inutile de préciser que le fou rire est arrivé en même temps que ces fichues bottes et qu'il revient chaque fois que nous évoquons ensemble cette péripétie.

Ce qui est bien avec les anecdotes, c'est qu'elles me font rigoler des années après. Par exemple, il y a trois ou quatre ans, ma cousine Annie m'a proposé de la rejoindre à Bayonne, pour assister aux fêtes de la ville et aux courses de taureaux, notamment celle où Marie Sarah, la célèbre torera, devait faire ses adieux à l'arène. Pour une fois que j'avais quelques jours de libres devant moi, j'ai dit oui tout de suite et sauté dans un avion. Pour venir m'attendre à l'aéroport, Annie et les deux copines qui l'accompagnaient avaient sorti le grand jeu : pantalon large à l'espagnole, boléro brodé, grand chapeau et tenue de gardian pour l'une d'entre elles. Au milieu de la foule, leur trio folklorique faisait plaisir à voir. Soudain, un monsieur s'approche d'elles et leur demande : « Vous attendez Marie Sarah ?

– Non. On attend Marthe Villalonga. »

Et le monsieur, très branché aficionado, leur dit : « Ah bon ? Elle torée, elle aussi ? »

Vous me voyez à cheval, muleta en main, en train de tourner autour d'un taureau de cinq cents kilos ?... Michquinette, va !

Mes quarantièmes rugissants, je les ai terminés à cent à l'heure, à la télé, avec *Maguy*, au théâtre avec *Comment devenir une mère juive en dix leçons* et au ciné, avec Téchiné. Le tiercé gagnant.

Chère *Maguy* ! J'ai passé huit ans avec elle. Huit belles années, à raison de cinq jours de tournage par semaine. D'abord, dans les fameux studios de Boulogne-Billancourt, et ensuite à Saint-Ouen.

A l'origine, la série est canadienne. La productrice qui en a racheté les droits a eu une fière idée ! Lorsqu'elle m'a proposé le rôle de Rose, l'employée de maison, je n'étais pas très chaude.

« Encore un rôle avec accent !

– Vous savez, au Canada, c'était joué par une Noire américaine avec l'accent du Sud. Donc, ce serait logique qu'en France ce soit vous. »

Je me suis laissé convaincre et je m'en félicite encore, parce que je peux dire que je me suis bien amusée pendant toutes ces années. Je travaillais beaucoup et, pourtant, j'avais l'impression d'être en vacances. Tout contribuait à cette impression : la découverte des scénarios, mes déguisements multiples, et la bonne ambiance générale.

Jean-Marc Thibault, Rosy Varte, Henri Garcin et moi... On dirait un titre de film.

Jean-Marc et Rosy, le mari et la femme, un couple de bobos (bourgeois bohèmes) avant l'heure, Henri, le docteur et l'ami de toujours, et Rose, la femme de ménage. Un fameux quatuor qui a fait les beaux jours de la télévision et dont au moins deux générations se souviennent puisque les enfants de ceux qui l'ont assidûment regardé m'en parlent encore ! Nous étions vraiment entrés dans les foyers, dans les familles. Le public s'est attaché à nous, à nos aventures rigolotes, à nos petits drames d'un jour, scènes conjugales, quiproquos, sacs de nœuds et gaffes en tout genre. Nous avons fait sourire les grands et les petits pendant si longtemps que les gens ont fini par confondre les personnages du feuilleton avec leurs interprètes. Dans la rue, on me demandait : « Bonjour, Rose ! Comment va M'ame Maguy ? » Au début, ça m'a un peu troublée, c'était la première fois qu'on me reconnaissait partout. Lorsque quelqu'un me regardait en souriant, je me disais : « Qu'est-ce que j'ai ? Qu'est-ce qui se passe ? » Bien souvent, j'ai eu envie de rentrer dans un trou de souris. Il m'a fallu un certain temps pour me faire à cette soudaine et énorme popularité qui s'est d'ailleurs prolongée bien au-delà de ce que nous pouvions espérer, grâce notamment aux nombreuses rediffusions de la série.

Maguy, c'est comme la potion magique d'Obélix : on en boit une fois et son effet dure longtemps. Grâce à elle, il m'est arrivé des choses incroyables. Ce patron de café, par exemple, qui n'a pas voulu que je paye ma consommation :

« Ah non, vous me faites trop rire ! » Ce chauffeur de taxi qui m'a fait cadeau de la course : « Vous ne me devez rien. C'est un honneur pour moi de vous avoir dans mon taxi. » J'ai protesté tant que j'ai pu, mais il n'a rien voulu entendre. Un autre m'a proposé de venir manger le couscous chez lui ! Et cette dame, dans le métro, qui me regardait gentiment pendant que je lisais mon bouquin. Elle ne m'a pas dérangée, mais, au moment où elle s'est levée, elle m'a juste dit : « Merci, madame, pour tout le bonheur que vous nous donnez. » Une autre m'a souhaité de vivre cent vingt ans ! J'aimerais mieux pas...

Ces exemples ne sont pas uniques. Ils se sont multipliés et se multiplient encore aujourd'hui, partout, à Paris comme en province. Et je ne parlerai pas encore une fois de la population arabe, les jeunes et les moins jeunes, avec qui la complicité est immédiate. Nous avons vraiment les mêmes racines. Au premier regard échangé, quelque chose passe entre nous.

En tout cas, cette vague de reconnaissance ne m'a jamais empêchée d'aller chercher ma baguette chez mon boulanger, ni de circuler à l'aise dans les transports en commun. Mais il m'est souvent arrivé, à cette époque en tout cas, dans les trains ou les avions, de prendre une place normale et de me retrouver en première, parce que le contrôleur ou le commandant de bord m'avaient repérée !

Autre chose encore, juste pour le fun, comme disent les jeunes. Au festival de Cannes où je vais de temps en temps en voisine, pour voir un film, je me suis trouvée à quelques mètres d'une star française, très belle, très mince, très brune, autour de laquelle tournait une nuée de photographes. Soudain, l'un deux m'a aperçue et s'est précipité vers moi, suivi à la seconde par tous les autres.

« Marthe ! Marthe ! Un petit sourire ! Par ici ! Marthe ! »

D'un seul coup, il n'y en avait plus que pour moi. J'ai eu l'impression d'être Sharon Stone en personne...

C'est vrai que je sens beaucoup de sympathie autour de moi et, pourquoi ne pas le dire carrément ?, beaucoup d'amour. Le mot n'est pas trop fort. Jamais personne n'est venu m'embêter et jamais je n'ai refusé une poignée de main ou un autographe, où que ce soit, à qui que ce soit. Il n'y a qu'une seule chose qui me bloque et que je refuse, ce sont les bises. Si je me mettais à embrasser tous ceux et toutes celles qui m'abordent, je n'en sortirais pas ! Exception faite des enfants, qui m'attirent énormément. « J'embrasse pas », comme dirait M. Téchiné lui-même.

Cette montée en flèche de popularité, je la dois à cent pour cent à *Maguy*, à ce personnage d'employée de maison un peu allumée, un peu tête de lard, avec ses sautes d'humeur, sa façon de mettre son grain de sel partout, son côté star, ses tenues excentriques. Elle a laissé son empreinte dans la mémoire des gens. Il faut dire que, dans certains épisodes, j'avais une touche incroyable. Sac à dos d'écolière en forme de tête de chien, coiffure tortillée en nattes, en couettes, en chignons rococo, boucles d'oreilles en forme de casserole ou de coquille d'œuf avec un petit poussin à l'intérieur ! Je me suis même retrouvée en kimono de geisha, en kilt et, comble du comble, en petit diable, moulée dans un collant rouge, avec bonnet à cornes et longue queue, une fourche à la main ! Tout était possible avec cette petite bonne femme sympathique et délirante. Rose imite sa patronne, lui tient tête, mais elle reçoit aussi ses confidences. Il y a beaucoup de connivence entre elles. Au fond de sa cuisine (une vraie cuisine d'ailleurs, impeccablement aménagée), elle sait tout, entend tout, se mêle de tout avec une bonne humeur désarmante.

La même bonne humeur régnait sur le plateau. On travaillait dans la joie, sans états d'âme, dynamisés par notre succès qui, du reste, a été exporté dans toute la francophonie : le Maghreb, le Sénégal et la Guadeloupe, entre autres. D'ailleurs, lorsque je suis allée en Guadeloupe, les gens disaient : « C'est elle, c'est Rose ! Elle est venue nous voir ! » Je n'en revenais pas.

Pendant huit ans, en arrivant au studio pour tourner, j'ai eu l'impression que j'arrivais chez moi. Mes camarades aussi, je crois. Le décor était devenu notre seconde maison : la cuisine, le salon avec son canapé, l'escalier au fond, la porte d'entrée vitrée... On a vécu des années là-dedans.

Nous étions tous les quatre de la même école et, à peu de chose près, de la même génération, et cela nous facilitait le travail et contribuait à l'entente générale. Comme les épisodes étaient écrits très vite, parfois trop vite, il nous est arrivé, d'un commun accord, de changer des répliques, de couper des passages, de revoir les dialogues à notre sauce à nous, sans que cela pose le moindre problème.

Ce long parcours a créé des liens que ni le temps ni la distance n'ont défaits. Jean-Marc, Rosy et Henri font en quelque sorte partie de ma vie. J'entends encore la voix de Jean-Marc essayant de prendre l'accent pied-noir pour me faire bisquer. En rigolant, il m'appelait « l'Arabe » ou « Harrisa Ford », parce que c'était l'époque où l'acteur américain Harrison Ford faisait un malheur. C'est un gros nounours, Jean-Marc, gentil comme tout, qui sait faire pousser les fleurs comme personne, notamment la lavande. Henri, notre Hollandais (il est né là-bas), a un côté lunaire, un peu ailleurs, un humour décalé, léger, très second degré, auquel je ne résistais pas. Quant à Rosy, elle se marrait de bon cœur chaque fois qu'elle me voyait arriver dans mes tenues invraisemblables. Moi aussi d'ailleurs. Tous les jours, je me demandais à quoi j'allais ressembler. Cela faisait partie de mon plaisir.

Une fois, on a eu quatre jours de repos d'affilée, ce qui était exceptionnel. Quand j'ai dit à M'ame Maguy que j'avais décidé de les passer au Mont-Saint-Michel, pour m'aérer les méninges, elle a eu l'air surpris. « Quelle chance tu as ! » Lors de nos rares moments disponibles, Rosy préférait se reposer, tranquille, chez elle. Là, j'ai bien senti qu'elle était tentée de larguer les amarres, alors je lui ai proposé de venir avec moi. On s'est payé quatre jours formidables, loin de *Maguy*, loin des studios, au bord de la mer. Ce fut une belle parenthèse, d'autant plus belle que notre rythme de travail ne nous permettait guère de faire la fête entre nous. A 19 heures pétantes, moi, je filais au théâtre, et, à part quelques pots offerts par la production sur le plateau pour célébrer Noël ou un anniversaire, nous n'avons pas souvent eu l'occasion de nous retrouver tous les quatre autour d'une bonne table.

Peut-être quatre ou cinq ans après le début de la série, nous avons eu des *guest stars* : Jackie Sardou, Hélène Duc, Jacques Balutin. Ces invités d'honneur ont apporté une fantaisie supplémentaire à notre quatuor et, sincèrement, lorsque *Maguy* a mis la clé sous la porte, nous n'avons pas très bien compris pourquoi... Ce sont les mystères de la télévision. Tchao ! Que l'on fasse une cagade ou un triomphe, on n'est jamais sûr de rien. On en a quand même eu gros sur la patate, même si depuis quelques mois nous avions senti le vent tourner et même si, pour finir en beauté, la production nous a offert un raout du tonnerre. La fête des fêtes ! Ce qui m'a permis, à défaut de trinquer, de danser tant et plus. Je profite de ce livre pour adresser à mes camarades de *Maguy*, en souvenir du souvenir, un grand salut d'amitié.

A peine un an avant le début de la série, en 1983, je décroche un rôle en or au théâtre : *Comment devenir une mère juive en dix leçons*, une pièce adaptée d'un best-seller américain de Paul Fuks, avec André Valardy, un copain du cours Simon. Le spectacle, créé à la Gaîté-Montparnasse, repris au Saint-Georges puis au théâtre de l'Œuvre, et ensuite exploité en tournée pendant une longue période, a tenu la route pendant presque trois ans, avec des interruptions bien sûr, entre les reprises, les installations d'un théâtre à l'autre. Mais tout de même, quel parcours ! A l'arrivée, c'était une bonne surprise, surtout que, au départ, on croyait, André Valardy et moi, que nous allions jouer la pièce un mois et demi, à tout casser.

Pour moi qui, dans la journée, tournais *Maguy*, c'était ma récréation du soir. Une de plus. Je passais d'une chose à une autre avec le même plaisir. Ce surcroît d'activité me donnait d'ailleurs une forme olympique. C'est assez courant dans la profession : plus on en fait, plus on est emporté dans un rythme. Il y a quelque chose de sportif là-dedans. Le corps est bien entraîné, il tient la cadence. Le miracle de la scène n'est pas une légende. On peut être naze, malade, fiévreux, dès que le rideau s'ouvre, on se retrouve en bonne santé, en tout cas le temps de la représentation. Après, on file se coucher avec deux aspirines et on remet le couvert le lendemain !

C'est à André Valardy, mon partenaire, que revient l'initiative de la création de *La Mère juive*. Valardy, ce show-man, ce clown qui adore faire des blagues au téléphone, avait très envie de revenir au théâtre, et d'y revenir avec moi. Lorsqu'il est tombé sur cette pièce, il a eu le coup de foudre, m'a appelée en urgence en me demandant de la lire au plus vite.

J'ai été immédiatement séduite par ce personnage excessif, tyrannique et drôle. Plus envahissante qu'elle, ça n'existe pas ! Elle materne son grand jeune homme de fils comme un enfant, avec une tendresse exigeante et anxieuse, elle veille à tout, contrôle tout, supervise tout : son travail, ses sorties, son alimentation... Impossible de lui clouer le bec, à cette femme-là, et impossible de la fuir, même chez le psy où son fils va se faire soigner. Bref, un fléau de mère aimante, et pas seulement juive, car chacun pouvait retrouver en elle une part de sa propre enfance.

J'ai adoré ce rôle, et avoir l'ami André comme fils, c'était vraiment sympa. On se connaît depuis si longtemps ! Il a beau prendre des voix incroyables au téléphone, voix de vieillard ou d'enfant, je sais toujours que c'est lui.

Avec *La Mère juive*, j'ai pu toucher du doigt, et mon camarade Valardy aussi, à quel point la réussite d'un spectacle tient à peu de choses et combien ce peu de chose peut être important. Quatre jours avant la première, lors d'un filage, je me suis rendu compte avec angoisse que la pièce était beaucoup trop longue. Deux heures trois quarts, ça fait beaucoup pour une comédie, même bien enlevée !

« Non mais, où on va, là ? A mon avis, il faut faire des coupures. »

Le mot « coupure » est toujours assez mal reçu, surtout en l'absence de l'auteur et de l'adaptateur. Mais ce qu'il faut savoir, c'est que ce sont d'abord les acteurs qui vont, comme on dit dans le métier, au casse-pipe. Le soir même, chez moi, avec l'aide d'une amie, j'ai donc resserré les boulons, supprimé les redites qui alourdissaient et ralentissaient l'action, bref, j'ai coupé presque une heure de texte. J'avais le sentiment que nous tenions un succès, à condition d'alléger l'ensemble, et rien ni personne n'aurait pu m'empêcher de le faire. Question d'instinct.

Bien m'en a pris. Le spectacle a gagné en légèreté, en rythme. Il faut savoir, de temps en temps, faire confiance aux comédiens. On peut apporter des choses, proposer des aménagements, changer des places quand on sent que l'angle n'est pas bon. Par exemple, dans *La Mère juive*, à un moment, il y avait sur le plateau une table de deux mètres de long derrière laquelle on ne voyait personne, et surtout pas moi, vu ma taille.

Or le public vient pour nous voir. Alors j'ai dit : « Qu'est-ce que je fais derrière cette table ? Puisque je joue le rôle d'une vraie mamma, je ne dois pas me mettre à table avec les autres. Je reste debout et je sers tout le monde. » L'idée a été retenue et, grâce à ce petit changement, la scène est devenue beaucoup plus drôle.

André Valardy, lui, devait parler devant le rideau entre chaque tableau. Comme il déteste rester immobile comme une plante verte, ce qui ne fait qu'augmenter son trac, il a décidé de tenter quelque chose de différent à chacune de ses interventions. Sa façon de bouger, de danser, a amené au spectacle une dimension comique supplémentaire.

Ces initiatives ont été bien accueillies et la pièce a fait beaucoup rire. Elle a suscité aussi beaucoup de commentaires dans le public, notamment de la part des mères, des mammas qui, bien entendu, ne se reconnaissaient pas vraiment dans le personnage que je jouais et qui, entre elles, se renvoyaient la balle : « Mais c'est ma sœur ! C'est exactement comme ma sœur ! » Elles ne riaient pas d'elles-mêmes, jamais, mais de l'autre, des autres, parentes, amies ou voisines.

Un dimanche après-midi, à la sortie du spectacle, derrière la double porte qui servait aussi bien aux spectateurs qu'aux comédiens, j'ai entendu une voix de jeune homme, avec un fort accent pied-noir qui disait à quelqu'un : « Tu t'es vue, dis, tu t'es vue ? »

J'ai glissé un œil et j'ai découvert une dame près du jeune homme. Une dame d'abord étonnée.

« Quoi, j'ai vu ? Qui j'ai vu ? »

Et l'autre, sur le même ton ironique : « Tu t'es vue pendant une heure et demie sur la scène ?

– Quoi ? Qu'est-ce que ça veut dire ?

– C'est toi. C'est exactement toi quand tu nous embêtes.

– Moi ? Mais c'est pas pareil. Je ne suis pas comme ça. C'est caricatural.

– Pas du tout. Je te dis que c'est toi. Tu fais les mêmes choses. »

La dame était vexée comme un pou.

Une autre fois, derrière le rideau de scène, en attendant le début du spectacle, j'ai entendu une mère qui disait : « Maurice, mon fils, tu as vu les Untel ? Ils sont là au deuxième rang... Et les Machinchose, tu les as vus ? Ils sont au balcon... », etc.

Les familles se saluaient d'une place à l'autre. Ils n'étaient plus au théâtre, ils étaient chez eux. C'était à la fois rigolo et touchant.

Au théâtre de l'Œuvre, un dimanche après-midi, j'ai remarqué, à l'orchestre, un groupe de quatre personnes qui, littéralement, hurlaient de rire. Un rire tonitruant dont les éclats dominaient tous les autres. Après le spectacle, ils se sont précipités dans les loges en criant : « Où est-elle ? Où est-elle ? » et j'ai vu débarquer deux couples de jeunes Maghrébins qui se sont jetés sur moi pour m'embrasser.

« Vous vous êtes bien amusés ?

– Oh oui ! On est en vacances à Paris. On ne voulait pas vous rater. Quelle rigolade ! Surtout que nous avons laissé nos mères à Alger il y a une semaine et que nous les avons retrouvées, telles quelles, avec vous, tout l'après-midi ! »

A peu près à la même époque, un jour, Faubourg-Montmartre à Paris, je croise sur le boulevard trois mammas juives, en jupe longue bariolée et fichu sur la tête, genre Elie Kakou dans Madame Sarfati.

« Aïe, aïe, aïe ma fille ! Bonjour ! Comment ça va ? »

On a commencé à discuter et, naturellement, comme si ça allait de soi, elles se sont mises à me parler en hébreu.

« Excusez-moi, mais je ne parle pas l'hébreu.

– Comment ça ? Tu ne parles pas l'hébreu, toi ?

– Ben non...

– T'es pas juive ?

– Si je l'étais, je le dirais. »

Finalement, devant leurs mimiques désolées, je leur ai lancé : « Peut-être que j'aurais mérité d'être juive. »

Je ne vous raconte pas le déchaînement d'enthousiasme qui a suivi cette déclaration.

Pour clore en beauté cette décennie si fertile, voilà qu'André Téchiné me propose de jouer la mère de Catherine Deneuve et de Daniel Auteuil dans son film *Ma saison préférée*. J'ai dit oui tout de suite. Je n'ai même pas lu le scénario. J'avais tellement envie de retravailler avec lui !

Je lui étais si reconnaissante de m'avoir déjà donné dans *Les Innocents* un rôle d'intériorité, un rôle non « méditerranéen », non extraverti. Mais le fait qu'il me fasse confiance à nouveau pour jouer le personnage de cette mère fragile qui perd doucement pied, c'était quand même très inattendu, surtout de la part d'un réalisateur qui tourne en général des choses plutôt singulières, des films d'auteur. Les producteurs, eux, ont été un peu secoués par son choix. « Marthe Villalonga ? Ce n'est pas possible. C'est une comique ! »

Téchiné n'a pas changé d'avis. Dès l'écriture du rôle, il avait pensé à moi. Pour lui, c'était évident. J'avais ma place dans cette histoire bouleversante où un frère et une sœur, très différents mais très attachés l'un à l'autre, doivent, par la force des choses, prendre en main le destin de leur mère, dont la santé physique et mentale vacille. Malgré les conflits et les rivalités qui refont surface entre eux, ils l'accompagneront jusqu'au bout, au prix de grands bouleversements dans leur propre vie.

Avant le tournage, Téchiné a demandé à ses acteurs, Deneuve, Auteuil et moi, de faire quelques pas dans la forêt de Saint-Cloud, afin de voir l'équilibre physique qu'il pouvait y avoir entre nous trois. « Vous allez jusqu'à l'arbre, là-bas, et vous revenez. » C'est ce qu'on a fait. On a marché. Simple comme bonjour. Lumineux.

J'avais déjà croisé une fois ou deux Daniel Auteuil et, comme sa présence dégage de bonnes ondes, des ondes d'homme du Midi, chaudes, vibrantes, ça allait, je n'étais pas trop intimidée. En revanche, c'était la première fois que je rencontrais Catherine. Eh bien, je me suis sentie adoptée immédiatement. Puisque Téchiné m'avait choisie, elle me choisissait aussi. Nous avons fait notre aller-retour sous les arbres, d'un même pas tranquille, et quand André lui a demandé de passer son bras autour de mes épaules, j'ai eu la certitude que tout irait bien.

Sa froideur est un cliché, une idée reçue. C'est juste une protection, une carapace. Elle est au contraire rieuse, charmante, gentille dans le meilleur sens du mot (la gentillesse c'est l'intelligence du cœur), sans saute d'humeur ni caprices de star, capable d'attentions franchement adorables. J'ai gardé précieusement les cadeaux qu'elle m'a envoyés plus d'un an après la sortie du film. D'abord la petite tasse, gravée au nom de mon personnage, Berthe, avec le mot qui l'accompagnait : « Je l'ai trouvée dans une brocante. Elle est un peu fêlée, mais ça va vous rappeler de bons souvenirs. » Et puis, une autre année, pour ma fête, le petit mouchoir avec mon prénom, Marthe, brodé dessus.

Le tournage s'est passé à Toulouse. Un tournage en or. Sur le moment, je ne me suis pas bien rendu compte de l'importance de mon rôle. Je le trouvais très beau, mais il a fallu que je me voie à l'écran pour prendre conscience de l'ampleur de ce que l'on m'avait confié. Des scènes de pure émotion : chez moi, dans ma petite maison, chez ma fille où je me sens mal à l'aise, où mes rapports avec mon gendre, le notaire, sont très tendus, à l'hôpital où mon fils prend soudain conscience de la gravité de mon état car je commence à raconter un peu n'importe quoi.

La direction de Téchiné est d'une grande légèreté. On ne la sent pas. Il laisse aller ses acteurs. Il les laisse aller en sachant très exactement où il veut aller, lui. Sa voix murmurante distille les choses une à une. C'est une méthode subtile, très souple, très délicate. L'homme est si introverti que, parfois, on hésite à lui parler, on se demande par quel bout le prendre, et pourtant, plus d'une fois, lorsque je lui ai sorti une bêtise à ma façon, il s'est lâché et a éclaté de rire. Lorsqu'il a quelque chose à dire à ses comédiens, il les prend par l'épaule, leur parle à l'oreille. Dans son air, tout est doux, feutré, discret. Moi, ça me convient très bien.

Pour la scène de la chambre, par exemple, il m'a précisé simplement que je devais rester assise, sans bouger, bien concentrée sur mon histoire intérieure.

« Tu veux dire le texte ?

– Oui, mais à plat, sans intention. »

Je n'aime pas tout donner en répétition, surtout dans ce genre de scène intimiste, personnelle, où seul le ressenti compte. J'ai l'impression qu'à trop répéter on use le sentiment. En tout cas, moi, je l'use, je le fatigue.

« D'accord », m'a répondu Téchiné, toujours conciliant.

J'ai donc murmuré le texte comme ça, comme je voulais, à nu, puis il m'a dit : « Dès que tu es prête, tu me fais signe. Silence tout le monde ! »

Pas un bruit, pas un souffle. Rien. Un instant suspendu. Téchiné, la script, le caméraman et moi.

Je suis entrée dans ma bulle, j'ai attendu de m'y sentir bien et, quand j'ai su ce que je voulais faire, quand j'ai su au fond de moi que cette femme que j'allais incarner n'était ni tout à fait folle, ni tout à fait raisonnable, j'ai donné le signal de départ. Une ou deux prises, si mes souvenirs sont bons. A travailler dans ces conditions, on ne peut que donner le meilleur de soi. C'est ce que nous avons tous fait, dans un climat d'amitié, d'unité et de confiance absolue.

La veille du festival, après une semaine délirante, remplie de rendez-vous avec la presse, on a fêté notre film au calme, à Mougins, en petit comité, autour d'un bon repas. On devait être sept ou huit, pas plus, dont Chiara Mastroianni, Carmen Chaplin et Jean-Pierre Bouvier, qui jouait mon gendre dans le film. Un beau garçon. Entre Daniel Auteuil et lui, j'étais vraiment gâtée ! Ce fut un moment à part, privilégié, très détendu, une halte amicale avant la pression du grand jour, la meute des journalistes, les télés et tout le toutim ! Lorsqu'un film est sélectionné à Cannes, on ne peut pas y couper.

Nous avons fait l'ouverture du festival. Entre Catherine Deneuve et Daniel Auteuil, purée ! je vous assure que le roi n'était pas mon cousin !

Pendant que je gravissais les marches sous les flashs des photographes, dans ma jupe longue à plis, avec un haut à paillettes de trois couleurs, bordeaux, doré et noir, très chic, une petite voix me murmurait : « Mais pourquoi ça t'arrive à toi ? C'est pas possible une chose pareille ! C'est trop magnifique ! » L'euphorie totale.

Mais le plus magnifique dans tout ça, ce fut le film, qui a d'ailleurs très bien marché.

Autour de moi, les copains me répétaient : « Tu vas voir, il y aura des retombées, ça va te rapporter quelque chose d'autre. » Ça m'a rapporté d'abord... un faux César. Eh oui ! Plus d'une fois, dans la presse écrite, j'ai lu : « Marthe Villalonga, qui vient d'obtenir un césar pour son interprétation dans *Ma saison préférée.* » Je ne sais pas comment cette erreur a pu se glisser sous la plume des journalistes, mais c'est un fait. Il faut croire que, pour eux, la chose était évidente et que, dans leur esprit, je l'avais mérité. Ils ont pris leur désir pour une réalité.

Ensuite, ça m'a rapporté un nombre considérable de coups de fil. Producteurs, metteurs en scène, tous ravis, unanimes : « Vous êtes formidable dans ce film. Vraiment poignante. » C'est bien agréable à entendre, mais ça ne m'a pas fait tourner la tête. Heureusement, car bien qu'on ait énormément parlé de *Ma saison préférée* et de ce que j'avais pu donner dans un rôle apparemment aussi éloigné de moi, il n'y pas eu, en ce qui me concerne, les retombées que l'on m'avait annoncées. Rien du tout !

Mais, comme je l'ai déjà dit, je ne passe pas ma vie à attendre l'exceptionnel. S'il arrive, il est le bienvenu, sinon... tant pis, je ne me morfonds pas, je continue d'avancer, de monter les marches de ma vie en regardant la ligne bleue des Vosges, droit devant.

A ce jour, tout va très bien, merci.

Plus de cinquante longs métrages, plus de soixante téléfilms ou séries et, parce que j'aime bien m'amuser, pas mal de divertissements aussi : *Sébastien, c'est fou*, *Certains Leeb show*, *Surprise surprise*, *Champs-Elysées*, de Michel Drucker, et *Avis de recherche*, de Patrick Sabatier, parmi les plus réussis.

A côté de ça, tellement de théâtres que je n'ai pas le courage de compter ! La fin des années quatre-vingt et le début des années quatre-vingt-dix ont été très féconds sur ce plan-là.

Du théâtre Saint-Georges à la Gaîté-Montparnasse, en passant par le Palais-Royal, je peux dire, comme le Brésilien dans *La Vie parisienne*, d'Offenbach, que je m'en suis mis « jusque... jusque... jusque-là ! ».

Croque la vie !

Et comment ! « Roule, ma poule ! » comme disait l'ami Coluche.

A l'aube des années quatre-vingt-dix, mon petit bonhomme de chemin s'est mis à ressembler à un beau ruban. Je n'avais plus qu'à le dérouler. Désormais ma carrière, qui s'était construite lentement, prenait de l'élan, avec ou sans accent. Au théâtre, en particulier, je pouvais très bien me passer de ce qui avait été pendant très longtemps ma « carte de visite ». C'est vrai que perdre mon accent, ou ne pas l'utiliser selon les personnages plus ou moins dramatiques que l'on osait (enfin !) me confier, a été, à partir d'un certain moment, comme le signe extérieur d'une carrière réussie.

Les rapatriées folkloriques, les mammas soupe au lait (je les jouais déjà à vingt-cinq ans !) m'ont coincée, du moins au début, puisque le public en redemandait, dans le genre comédie « couscous-merguez ». Accent + énergie = effet comique dévastateur + sympathie du public. Une équation dont je n'ai pas eu à me plaindre mais qui, à la longue...

Et puis, peu à peu, au fil du temps, je n'ai gardé de cet accent pied-noir, exagéré d'ailleurs à plaisir, que la musique. La petite musique du bonheur, du soleil, de l'enfance. J'ai beau faire, elle est toujours là, au premier plan ou en retrait, selon les rôles, et même dans la vie. Il suffit que je me mette en pétard pour que mon accent pied-noir revienne en force. C'est lui qui relève la sauce et donne du goût aux mots.

Ma façon de les cuisiner n'a pas toujours été, selon certains, d'une légèreté exemplaire, mais, malgré cela, mes personnages ont toujours été bien accueillis par le public, sans doute parce que je les ai tous défendus avec un maximum de sincérité.

Ce fut également le cas dans *Quand épousez-vous ma femme ?*, une comédie loufoque de Jean-Bernard Luc et Jean-Pierre Conty, mise en scène par Francis Joffo, avec Jacques Duby et Christian Marin, l'inoubliable lieutenant Laverdure des *Chevaliers du ciel*, à la télé.

Une intrigue embrouillée mais très efficace, autour d'un double divorce à l'amiable où chacun des partenaires sympathise avec le futur mari de son ex-femme. Vous me suivez ? Moi, au milieu, je suis la tante de province, une stressée de première, qu'il faut ménager et à qui il faut expliquer la présence du futur mari de sa nièce et celle de la future femme de son neveu. Un sac de nœuds inimaginable ! On s'est bien amusés et les spectateurs nous ont suivis sans se faire prier.

Dans la foulée, j'ai enchaîné avec *Coiffeur pour dames*, à la Gaîté-Montparnasse, une pièce traduite de l'anglais par Claire Nadeau et Michèle Laroque et mise en scène par Stéphane Hillel. Un vrai metteur en scène qui ne se contente pas de placer les personnages côté cour ou jardin, un grand directeur d'acteurs, qui leur parle avec douceur, et un super comédien lui-même, ce qui ne gâte rien.

Comme le titre l'indique, l'histoire se passe dans un salon de coiffure, tenu par Claire Maurier, où chaque semaine viennent se faire coiffer des copines d'enfance : Geneviève Fontanel, Françoise Christophe, la femme du maire, très BCBG, Annie Grégorio, la shampouineuse, Michèle Laroque, la fille de Claire, et moi, la pétaradante du groupe, comme d'habitude.

Du brushing à la coloration, en passant par la pose des bigoudis, toutes ces dames en profitent pour papoter et quelquefois aussi pour s'envoyer des vannes, même si elles s'entendent très bien. Leur longue amitié leur permet de se parler franchement, sans tourner autour du pot. A l'occasion du mariage de la fille de la patronne, elles se retrouvent toutes ensemble pour se faire belles et échanger leurs impressions sur la noce qui se prépare. Hélas! Le décès de la future mariée va casser l'ambiance et donner à la pièce une dimension sensible qui a beaucoup accroché le public.

Tous les personnages de cette comédie dramatique étaient bien construits, bien développés et surtout très typés. Chaque partition était différente. Cela donnait beaucoup de relief à l'ensemble du spectacle, que ce soit sur le plateau ou en coulisse, car nous avions vraiment toutes les six des personnalités contrastées. Une belle brochette!

En 1992, une autre brochette, celle des *Mamies*, un film d'Annick Lanoé, avec la radieuse Danielle Darrieux en tête de distribution, une grande dame toute simple, très accessible, excellente camarade, comme souvent d'ailleurs le sont les stars. A ses côtés, la malicieuse Sophie Desmarets, la pétulante Jackie Sardou dont le franc-parler cachait un cœur d'or, la très coquette Paulette Dubost, l'adorable

Catherine Rouvel, la piquante Odette Laure jamais à court d'humour, et bibi.

L'histoire des *Mamies* est très attendrissante. Un petit garçon, fou d'amour, décide sur un coup de tête, sans prévenir personne, d'aller rejoindre sa chérie dont il sait peu de chose, sinon qu'elle doit vivre quelque part au Portugal. Ce départ précipité affole un peu sa grand-mère, Danielle Darrieux, qui, à son tour, prend la décision de partir le retrouver. Et elle entraîne toutes ses bonnes copines dans l'aventure.

Quelle équipée ! Trois semaines de tournage et de rigolade. On avait souvent des tenues complètement folles et rien que de nous voir habillées en treillis comme pour un safari, avec godillots, casquette à visière ou chapeau de brousse à larges bords, ça nous faisait craquer. L'intrigue du film nous mettait dans des situations franchement extravagantes pour des femmes de notre génération. Une fois, nous nous sommes retrouvées, en Jeep, dans une forêt d'eucalyptus aux environs de Lisbonne. Vous imaginez la scène ? Toutes ces mamies entassées à l'arrière et moi, à la place du chauffeur, avec mon look de chasseur de prime ! Mieux encore : un jour, il a fallu que je conduise un camion de pompier. Mais si ! D'abord, il m'a fallu une échelle pour monter à la place du chauffeur, et je dois dire que, une fois installée derrière mon volant, beaucoup plus grand que moi évidemment, j'ai suscité une franche hilarité...

Le film, sans doute trop riche, trop dispersé, n'a pas fait un triomphe, mais nous, en tout cas, on a passé un sacré bon moment, sans le moindre nuage, ni entre nous ni dans le ciel, car il faisait un temps superbe.

Avec Catherine Rouvel, la plus jeune de la bande et la plus rieuse, on allait souvent faire une petite marche, ici et là, sans but précis, histoire de prendre l'air ensemble, ne serait-ce qu'en faisant le tour de notre hôtel. C'est avec elle d'ailleurs que, le dernier jour du tournage, je suis allée acheter mes petits souvenirs, en particulier des carreaux en faïence décorative, dans un quartier très pittoresque du vieux Lisbonne. C'est aussi ce jour-là que Danielle Darrieux m'a offert le ravissant chemisier que j'hésitais à m'offrir, vu que je venais déjà de m'en payer un. Deux d'un coup, ça ne me paraissait pas très raisonnable... Danielle a généreusement tranché.

Le plus étonnant dans cette histoire des *Mamies*, c'est que le jour du 14 juillet, en plein tournage, j'ai appris une nouvelle qui m'a fait tomber des nues. La veille de ce jour mémorable, donc le 13, nous avions tourné de nuit et nous étions rentrées à l'hôtel vers les 3 ou 4 heures du matin, un peu fatiguées les unes et les autres. Je comptais bien faire la grasse matinée, mais voilà qu'à 9 heures pétantes, le téléphone a sonné. C'était mon agent, Joëlle Bonnet.

« Salut ! Comment ça va ? Je ne te dérange pas ? Tu as l'air un peu endormie...

– Je me suis couchée aux aurores, figure-toi !

– Bon. Si tu veux, je te rappelle un peu plus tard ?

– Pas la peine, maintenant que tu m'as réveillée... »

Enfin presque. Le combiné contre l'oreille, je gardais les yeux fermés dans l'espoir de prolonger ma nuit.

« Qu'est-ce que tu as de si urgent à me dire ?

– Je viens te féliciter.

– Me féliciter ? Mais pourquoi ?

– Parce que tu as la Légion d'honneur.

– Ecoute, Jojo, j'ai mal dormi. Arrête tes conneries...

– Non, non, je t'assure, c'est vrai. »

Comme elle n'est pas du genre à faire des blagues, je me suis redressée contre mon oreiller, les yeux enfin grands ouverts.

« Qu'est-ce que c'est que cette histoire ? Je n'ai rien demandé.

– Je viens de recevoir un coup de fil d'Edwige Feuillère qui a lu la nouvelle dans le journal. Tu fais partie de la promotion du 14 juillet. Tu es nommée, ma parole d'honneur ! J'ai acheté le journal et j'ai vu ton nom.

– C'est toi qui as fait la demande ?

– Non ! Bien sûr que non, voyons !

– Alors qui ?

– Je ne sais pas. »

Sur ce, je suis rentrée à Paris, j'ai posé des questions autour de moi. Pas de réponse. Autre problème : qui pouvait me remettre le ruban ? Qui ? De toute façon, il fallait quelqu'un qui l'ait eu et, personnellement, je préférais quelqu'un que je connaisse, ça me paraissait quand même plus sympa que de le recevoir de la main d'un ministre.

Finalement, Edwige Feuillère s'est gentiment proposée.

« Si Marthe n'a trouvé personne, je serais ravie de la lui remettre. »

Et moi donc ! C'était un honneur.

Comme Edwige n'aimait pas trop les cérémonies solennelles, et moi non plus d'ailleurs, ça tombait bien, on a fait ça au Coupe-Chou, chez mes amis de toujours. Déjeuner très agréable, photos, dont une officielle pour la presse écrite, et félicitations en petit comité. Un moment qui marque, je le dis en toute simplicité. Quant à la nomination, j'ai fini par en déduire qu'elle devait venir de Jack Lang, comme cela se fait du reste assez souvent.

Télé, théâtre, cinéma... Télé, théâtre, cinéma... L'alternance idéale! J'avais pris le bon rythme et je l'ai gardé. Question de tempo. Et je m'y connais en tempo, vu que de la valse au tango, sans oublier le rock, je danse tout ce qui se présente, quand ça se présente, mais, hélas! trop peu souvent à mon goût, je l'ai déjà dit.

Dès cette époque, j'ai pu me permettre de refuser les propositions qui ne me convenaient pas. Un vrai luxe. Au fond, mon maître, René Simon, avait eu raison de me dire et de me redire : « Toi, c'est vers quarante ans que tu trouveras ta vraie place dans le métier. » C'est vrai qu'à partir de ma maturité on m'a confié des rôles de moins en moins typés et de plus en plus élaborés. Mais je ne regrette aucun des personnages que j'ai joués. C'est grâce à eux que le public a commencé à m'aimer et c'est aussi grâce à eux que je n'ai jamais attrapé la grosse tête. *Chi va piano va sano.*

Après l'escapade ensoleillée des *Mamies*, retour à la case théâtre, au Palais-Royal, avec *Silence en coulisse*, montée par Jean-Luc Moreau, un brillant vaudeville inspiré du grand succès de l'équipe des Branquignols avec Colette Brosset et Robert Dhéry, *En sourdine les sardines*. Ce fut d'ailleurs un des premiers spectacles que j'ai vus en arrivant à Paris. La pièce, en trois actes, raconte une répétition en coulisse, la veille de la générale, puis le soir même de la première, et enfin trois mois plus tard, le moment où tous les protagonistes se retrouvent pour régler leurs comptes et vider leur sac, après que la pièce en question ait fait un bide retentissant. Une histoire vacharde et marrante qui, de l'intérieur, montrait et démontait toutes les ficelles du métier. Je jouais le rôle d'une femme de ménage qui a tendance à se prendre pour une star au sein de cette troupe de ringards, essayant vainement de sauver leur spectacle. Effets comiques garantis.

Ensuite, petit détour par la télé avec *La Femme du veuf*, réalisée par Michel Favart, avec Agathe de La Boulay. Une histoire forte et un beau rôle de mère encore une fois, mais celle-là pas sympa du tout. Revêche, jalouse, elle ne veut pas céder sa place et cherche à séparer son fils de la femme qu'il aime. C'est amusant de jouer une méchante de temps en temps, surtout lorsque, comme moi, on a été habituée aux mammas débordantes d'amour. Mais le meilleur du meilleur restait à venir...

Un beau jour de 1995, je reçois un charmant coup de fil.

« Bonjour. Je m'appelle Pascal Héritier. Je suis producteur ; j'ai un rôle superbe à vous proposer. J'aimerais vous rencontrer. »

Je n'imaginais pas une seconde la place que ce dynamique jeune homme, encore inconnu pour moi, allait occuper dans ma vie. Dès la première minute, nous avons eu un excellent feeling qui, au fil du temps, s'est transformé en une profonde amitié. Je considère un peu Pascal comme le fils que je n'ai pas eu et lui m'appelle sa « seconde maman ». J'ai tout de suite beaucoup apprécié sa personnalité directe, son sens artistique, sa droiture, sa façon loyale de mener une affaire. Avec lui, il n'y a jamais de lézard. Sans compter que nous avons en commun un amour immodéré pour la mer ! Cela crée des liens. Il n'y a pas plus heureux que nous lorsque nous pouvons nous rejoindre à Cannes, sous le soleil du Midi.

Avant de monter sa boîte de production, Artémis Diffusion, Pascal a été danseur et meneur de revue. Il sait de quoi il parle lorsqu'il parle de spectacle.

Quand je l'ai rencontré comme nous en étions convenus, il m'a annoncé : « J'aimerais remonter la pièce de Marcel Mithois, *Croque-Monsieur*, créée par Jacqueline Maillan, et j'ai pensé à vous. »

Beau début, et beau pari artistique, pour lui comme pour moi, mais pas gagné d'avance : reprendre un rôle aussi marquant et aussi marqué par Maillan, ce n'était pas évident. D'ailleurs, dès que j'ai relu la pièce, je me suis arrêtée au bout de dix pages et j'ai aussitôt rappelé Pascal Héritier pour lui dire : « Ce n'est pas possible. Je ne peux pas.

– Pourquoi ?

– Parce que je l'entends.

– Qui ?

– Jacqueline. Je l'entends, vous comprenez. Je l'ai bien connue. J'ai travaillé avec elle. Franchement, je ne peux pas.

Croque-Monsieur est un grand classique du théâtre de boulevard et, à sa création au Saint-Georges, en 1964, la pièce, croustillante, irrésistible, avait fait un triomphe. Plus de mille sept cents représentations ! Comment aurais-je pu me glisser à mon tour dans le rôle de Coco Baisos, la croqueuse de milliardaires ?

Pas découragé, Pascal m'a contactée à nouveau quelques jours plus tard.

« Marcel Mithois aimerait bien vous voir pour vous parler de la pièce. Je vais organiser un déjeuner. D'accord ? »

Je connaissais Marcel Mithois, nous avions déjà travaillé une fois ensemble. J'ai accepté avec joie.

« Marthe, m'a-t-il aussitôt demandé, pourquoi ne voulez-vous pas jouer *Croque-Monsieur* ?

– Parce qu'en relisant la pièce j'ai entendu Jacqueline. Sa voix, ses inflexions à elle. Je l'entends. Il n'y a rien à faire.

– Vous savez, Marthe, depuis Jacqueline, que je tenais en grande estime, beaucoup de comédiennes sont venues me demander cette pièce. J'ai toujours refusé. Mais si c'est vous qui la jouez, je vous la donne. »

On ne pouvait pas mieux dire.

« Vos tempéraments sont différents. Elle avait sa personnalité, vous avez la vôtre. Vous allez jouer ça à votre façon. Vous ne referez pas du Maillan. Vous ferez autre chose. »

Si l'auteur me faisait confiance, ça me donnait confiance à moi aussi. J'ai relu la pièce en me mettant des boules Quiès dans les oreilles pour que la voix de Maillan ne revienne pas me hanter, et j'y suis allée ! Avec quel plaisir !

Entendre les gens rire en direct, savoir que l'on a rendu trois cents personnes heureuses pendant deux heures, c'est pas beau la vie ? !

Croque-Monsieur est une comédie très fine qui, de bout en bout, fait rigoler le spectateur à gorge déployée. Pourtant, la recette de Marcel Mithois n'est pas surchargée de mots d'auteur à tout prix, et ses variations sur le thème de l'éternel ménage à plusieurs ne sont jamais vulgaires. C'est un théâtre qui fuse, aérien, et que le metteur en scène Raymond Aquaviva avait orchestré à la baguette.

L'histoire de Coco Baisos, quatre fois veuve et cinq fois mariée, commence par une triste nuit, devant le cadavre de son dernier époux qui, prévoyant sa ruine prochaine, vient de se suicider. Or, la dame en question, si elle a l'habitude de perdre ses riches maris, est incapable d'envisager sa vie sans que l'argent y coule à flots. Comment faire pour garder son standing ? Ce n'est pas facile de se mettre un milliardaire sous la dent tous les jours ! Marcel Mithois fait de cette course au pigeon fortuné une folle comédie. Et moi, en veuve joyeuse, en séductrice (mais oui !), dans mes déshabillés somptueux, mes robes époustouflantes (j'étais habillée par Levasseur, qui a été le bras droit de Christian Dior), je me suis donnée de tout mon cœur. Vas-y que je virevolte, danse, m'exclame, m'esclaffe, suivie par un public enthousiaste.

Beaucoup de gens sont venus me dire : « Vous savez, on avait déjà vu la pièce et on se demandait si... (sous-entendu, on avait peur d'être déçus). Eh bien, nous sommes très heureux de l'avoir revue avec vous. »

On a beaucoup parlé de mon énergie increvable dans ce personnage, de ma fougue méditerranéenne et de cette gaieté communicative qui soulevait les salles, mais on ne m'a jamais comparée à Maillan, signe que je n'avais trahi personne et qu'un grand rôle, bien écrit, bien rythmé, garde toute sa vigueur, toute son efficacité d'une interprète à une autre. Un seul changement entre les deux Coco Baisos, celle de Jacqueline et la mienne : Marcel Mithois faisait naître la première à Marseille, moi, il m'a fait naître à Alger... Merci à lui et à Pascal Héritier pour ce cadeau exceptionnel qui a tenu l'affiche huit mois à Paris, au théâtre Daunou, puis pendant plus d'un an en tournée en France, en Suisse, en Belgique, en passant par le théâtre Princesse Grâce, à Monaco.

C'est dans ces années-là que j'ai décidé de me prendre un pied-à-terre à Cannes. J'ai besoin du soleil. Je suis née avec. Et j'ai besoin de voir la mer. Ça me requinque, ça me décrasse. J'oublie tout. Rien de tel qu'un petit plongeon du haut de mes rochers et qu'un petit cinquante-mètres en crawl pour me remettre les idées en place. Quand j'ai vu l'appartement, largement ouvert sur l'horizon, j'ai dit banco ! Chaque fois que j'ai quelques jours devant moi, je descends là-bas, quelle que soit la saison. Il m'est arrivé de me baigner à la Toussaint ! L'eau est fraîche mais, en sortant, il fait très bon. Pour une grande frileuse comme moi qui, au moindre petit coup de vent ou d'humidité, sors ses bottines fourrées, ses petits chapeaux antirhume, et entasse ses pulls les uns sur les autres, c'est l'idéal. Honnêtement, je crois que cette frilosité est renforcée par la crainte de choper quelque chose, de perdre ma voix et de ne pas pouvoir assurer la représentation du soir ou le tournage du lendemain matin. C'est une angoisse assez répandue chez les acteurs.

En 1998, re-bonjour, monsieur Téchiné ! Quelle joie et quelle fierté de voir qu'il avait à nouveau pensé à moi ! Mon personnage dans *Alice et Martin* n'était pas très important mais ma rencontre avec Juliette Binoche fait partie des rencontres qui marquent. Belle parmi les plus belles, toute simple, toute souriante, elle dégage beaucoup d'humanité, de sensibilité, de proximité. Au bout d'un quart d'heure, on se tutoyait. Je ne crois pas que, sur des personnalités comme la sienne, très réceptives aux autres, les honneurs (et Juliette Binoche a reçu un oscar à Hollywood) puissent modifier grand-chose au comportement de tous les jours. J'ai souvent remarqué (mais peut-être ai-je eu beaucoup de chance, ou alors des participations trop courtes pour avoir le temps de déchanter) que plus les acteurs sont célèbres, moins il y a de problèmes. Leur professionnalisme doit faciliter les relations humaines. Privilégier le travail, c'est relativiser tout le reste. Il se peut aussi que ce soit dans ma nature de ne voir ou de ne retenir que les bons côtés des choses et des gens. Le mauvais, s'il existe, je ne m'y attarde pas. Mes silences sont aussi éloquents que certaines paroles...

Toujours en 1997, en même temps que le film de Téchiné, retour au théâtre avec *Le noir te va si bien*, de Jean Marsan, très bien mis en scène par Didier Long. Encore une bonne idée de Pascal Héritier !

La pièce, créée à l'origine par Maria Pacôme et Jean Le Poulain, avait connu un énorme succès. Ils avaient porté et même emporté le spectacle avec cette fantaisie, cette invention, ce sens de l'improvisation (dans le style de la commedia dell'arte) qu'on leur connaît à tous les deux. Avec Gérard Hernandez, mon partenaire, nous l'avons reprise uniquement en tournée et, à notre tour, nous avons donné à la pièce, vingt ans après sa création, un nouvel élan, tout en nous rendant bien compte, à l'usage, que sa construction avait vieilli. Pourtant, l'idée de départ est excellente : un manoir écossais, une châtelaine, une sombre histoire d'héritage, une tentative d'assassinat, etc. Autant d'ingrédients qui plaisent au public. Mais, pour la reprendre à Paris, il aurait fallu modifier un peu le texte, l'alléger, l'actualiser et trouver d'autres gags. Seulement, les héritiers n'ont pas voulu qu'on y touche. C'est souvent comme ça, les ayants droit qui n'ont jamais écrit une ligne de leur vie sont seuls maîtres à bord. Tant pis. La tournée a été très gratifiante et pas triste parce que Gérard est un bon et joyeux compagnon.

Comme je tournais *Alice et Martin* en même temps que je jouais au théâtre, un jour la production est venue me chercher en voiture après le spectacle. J'étais à quelque deux cents kilomètres du lieu de tournage ; normalement, on aurait dû faire le trajet assez vite. Mais sur la route il y a eu beaucoup de neige et, au lieu des deux heures prévues, on en a mis cinq pour arriver à destination. Quelle angoisse ! Après un petit somme de rien du tout, je me suis retrouvée à six heures du matin, fraîche comme une rose, au maquillage. Que l'on ne vienne plus me dire que les acteurs ont du mal à se lever le matin !

En 1998, la télé a fait appel à moi pour jouer une femme meurtrie dans le grand feuilleton de l'été, *La Tramontane*, réalisé par Henri Helman, avec Alexandra Vandernoot et Georges Corraface. Un très beau couple. C'est une histoire d'amour contrarié et de vengeance sur fond de terroir. Et quel terroir ! Les Pyrénées orientales dans toute leur splendeur, Collioure en particulier, où, bien entendu, je n'ai pas bu une seule goutte de vin de Banyuls...

Un an plus tard, on m'a contactée à propos de la série *Docteur Sylvestre*, sur France 3, jouée avec beaucoup de finesse et d'humanité par Jérôme Anger. Gros succès public pour la chaîne.

« Vous connaissez la série ?

– Oui, bien sûr, j'en ai vu quelques épisodes.

– Ça vous a plu ?
– C'est très bien écrit.
– Est-ce que vous accepteriez de reprendre le rôle de Maria Pacôme, la gouvernante du docteur ?
– Oui, ça m'intéresse. C'est un beau personnage. »

Au bout du fil, on a eu l'air un peu étonné que je donne mon accord aussi rapidement, mais je ne vois pas pourquoi j'aurais tergiversé sous prétexte qu'il s'agissait d'un « remplacement ». Et voilà comment je me suis retrouvée dans la peau de cette dame sympathique, dévouée, qui s'occupe de tout : du cabinet, des rendez-vous et du train-train quotidien de la maison. Gouvernante, secrétaire, cuisinière, infirmière, elle n'hésite pas à donner son opinion et même à ronchonner de temps en temps. Ça m'allait comme un gant. Ce fut un réel plaisir de materner à l'écran ce bon docteur, et un plaisir aussi de tourner en province, à Bordeaux, à Marseille, à Lille. J'aime bien me balader, passer d'une ville à une autre. J'ai tourné une dizaine d'épisodes et j'en aurais bien tourné plus si Jérôme Anger avait continué. En tout cas, il a eu l'élégance de me prévenir avant de donner sa démission. C'est assez rare pour être souligné dans ce métier où l'on apprend souvent la fin d'une série par voie de presse...

Entre deux tournages de *Docteur Sylvestre*, je me suis retrouvée au cinéma, dans une très belle comédie dramatique de Dominique Cabréra, *L'Autre Côté de la mer*, avec Claude Brasseur en tête de distribution et Catherine Hiegel, de la Comédie-Française.

Une histoire assez bouleversante : Brasseur, un industriel oranais resté en Algérie après l'indépendance, ayant coupé les ponts avec toute sa famille, est obligé de revenir en

France pour se faire opérer des yeux. Son chirurgien est un Beur qui, lui, n'a plus aucun lien avec sa culture d'origine. La relation qui se noue entre eux met Brasseur au pied du mur : doit-il rester en France ou retourner là-bas, à ses risques et périls ?

Je jouais une des deux sœurs du héros, l'autre étant interprétée par Antoinette Moya. J'ai beaucoup aimé ce personnage tendre et douloureux qui a gardé la nostalgie de son pays et souffert d'être séparé de son frère. Elle est à la fois ravie de le retrouver et catastrophée à l'idée qu'il puisse repartir. En tout cas, moi, j'ai été très heureuse de retrouver Claude Brasseur, qui m'a bluffée dans ce rôle. Avec lui, tous les bons souvenirs des films d'Yves Robert ont refait surface.

J'ai énormément aimé la façon de travailler de Dominique Cabréra, sa pudeur, sa vision intimiste des personnages, sa sincérité et sa douceur. Si bien que lorsqu'elle m'a proposé, en 2000, de jouer dans son second film, *Le Lait de la tendresse humaine*, je n'ai pas hésité une seconde. C'est comme ça que Bruel et moi avons été une nouvelle fois partenaires. Là, je ne jouais plus sa mère, mais sa belle-mère. Cette filiation de cinéma est assez amusante. Je ne m'en plains pas. Mon faux fils est adorable. C'est le plus agréable des camarades, toujours disponible et d'humeur égale.

Mon rôle dans ce film était bref, mais à l'intérieur d'une belle histoire il y a toujours quelque chose d'intéressant à tenter. J'étais la mère de Maryline Canto, une comédienne prometteuse qui, avec beaucoup d'émotion, s'est mise dans la peau d'une jeune accouchée stressée. Elle pète un peu les plombs et s'enfuit de chez elle. Son mari part à sa recherche, interroge son père, sa mère, sa sœur, ses amis.

Dans cette fresque sentimentale centrée sur une héroïne fragile, en proie à ses doutes, ses faiblesses, beaucoup de femmes se sont sans doute reconnues. Qui n'a pas lancé, un jour ou l'autre, dans un moment de déprime, un appel au secours ? Ce beau film d'auteur a laissé des traces dans le cœur des gens. Et c'est là que j'ai rencontré Mathilde Seigner, une vraie personnalité qui, sous ses airs « rentre-dedans » est une fille très spontanée et amicale.

Toujours sur ma lancée, me revoilà dans un téléfilm, *Judicaël*, réalisé par Claude Dana, aux côtés d'un grand monsieur : Charles Aznavour. Il jouait le rôle d'un agent artistique qui s'intéresse au talent d'un petit garçon prisonnier d'une famille un peu sectaire. Moi, j'étais sa sœur. Pas celle du petit garçon, évidemment, celle de Charles ! Je tempérais ses emballements et je comptais les sous. Raisonnable mais un peu emmerdeuse sur les bords, et toujours la cigarette au bec ! Le plus étonnant, c'est qu'on a trouvé que je fumais comme si j'avais fait ça toute ma vie ! Quoi qu'il en soit, c'était un beau personnage, avec beaucoup de relief. Et jouer avec Aznavour, ce n'est pas rien. L'acteur est perfectionniste et l'homme chaleureux. Et je ne parle pas de l'allure qu'il a ! Droit, mince, élégant. Une leçon pour tous les hommes qui, passé un certain âge, ont tendance à se laisser aller. Chaque fois que nous nous revoyons, de loin en loin, j'ai l'impression que nous nous sommes quittés hier. Au Palais des Congrès, après son dernier spectacle, il m'a ouvert les bras.

Un peu plus tard, il y a eu *Le Divin Enfant*, mis en scène par Stéphane Clavier, le frère de Christian, que je retrouverais fin 2002 dans un long métrage. Cette fois, j'étais la mère de Lambert Wilson, un jeune et séduisant curé qui se retrouve papa du jour au lendemain. D'où une cascade de situations inattendues... Entre Lambert et moi, ce fut l'entente parfaite.

Avec tout ça, j'ai eu de quoi passer d'un siècle à l'autre sans m'en apercevoir, d'autant qu'en 2001 j'ai attaqué la pièce de Françoise Dorin *Soins intensifs*, dont les représentations se sont échelonnées sur deux ans et demi ! D'abord une tournée, histoire de roder le spectacle en province, ce qui nous a permis de faire une belle incursion en Corse, ensuite le théâtre Saint-Georges pendant toute une saison, puis un très long séjour à Lyon, au théâtre de la Tête d'or, dirigé par Jacqueline Bœuf, et enfin une nouvelle tournée en janvier 2003 jusqu'au début du printemps, avec en prime, véritable cerise sur le gâteau, une virée de deux semaines en Nouvelle-Calédonie et à Tahiti ! Je n'ai pas fait le compte exact, mais il me semble que c'est une de mes plus longues aventures théâtrales. Pas loin des quatre cents représentations.

Celle-là aussi, je la dois à Pascal Héritier, mon bon ange. Souvent, je lui avais dit : « Tu sais, j'aimerais bien créer une pièce. Une pièce originale, écrite pour moi. » Et voilà qu'un jour il croise Françoise Dorin.

« Vous savez, Marthe Villalonga cherche une pièce...

– J'en ai écrit une qui pourrait lui convenir.

– Non, je ne crois pas. Elle voudrait quelque chose d'inédit.

– Je vais y penser. »

Quelque temps après, ils se croisent à nouveau et Françoise lui annonce qu'elle a une idée et va se mettre à écrire. Quinze jours plus tard, coup de fil : « Voilà. Elle est écrite. Je crois que c'est du sur-mesure. »

C'était vrai. Comment les choses se sont-elles mises en place dans sa tête d'auteur ? Je l'ignore. Elle avait dû me voir au théâtre, certainement. En tout cas, la pièce était là, toute chaude, toute neuve.

Quel auteur ! Du théâtre au roman, Françoise a toujours eu la plume féconde, enlevée, brillante et impertinente. J'étais ravie et curieuse de savoir ce qu'elle m'avait concocté. C'est Pascal qui a eu la primeur d'une première lecture car Françoise Dorin préfère lire ses pièces elle-même plutôt que de faire circuler la brochure.

Pascal m'a téléphoné aussitôt : « Ecoutez, Marthe, je crois que c'est pour vous. Elle voudrait vous la lire. »

Moi, franchement, j'aime mieux prendre connaissance du texte en solitaire.

« Allez-y, Marthe. Vous verrez, elle lit magnifiquement bien. »

J'y suis allée et, après l'avoir entendue, je n'ai pas hésité. Du Dorin tel qu'on l'aime, vif et stylé. Un bon millésime. « Je la joue. » Avec qui ? Avec Valérie Delbore, Sylvie Weber et Jacques Zabor que je n'avais pas revu depuis Grenoble. Mise en scène : Michel Roux.

Drôle d'histoire que celle de Mme Charlotte Taupin, l'héroïne de *Soins intensifs*, qui, comme le titre l'indique, se retrouve, un triste jour, à la clinique des Chênes au chevet de son mari, plâtré, emmailloté jusqu'au cou et plongé dans le coma. Le Dr Roseau (qui dit chêne dit roseau, ça va de soi !) lui conseille vivement de parler non-stop au patient pour stimuler ses neurones et le faire revenir à la vie. Mais la mère Taupin se fait prier. Les époux ne se causent plus depuis des lustres. L'usure des ménages. La routine qui, peu à peu, installe le silence au sein des vieux couples. En fait, Charlotte ne parle plus qu'à ses ustensiles de cuisine, notamment à son faitout. Poussée par le Dr Roseau, et par une nature très expansive, elle prend finalement la parole pour ne plus la lâcher. Mais de coup de théâtre en coup de théâtre, elle découvre que son mari a une maîtresse et une fille. Que la maîtresse n'est autre que sa femme de ménage, une Belge soi-disant muette comme une carpe, qui devient intarissable lorsqu'il s'agit de défendre ses intérêts et ceux de sa fille, au cas où le mourant passerait l'arme à gauche. Les fils de l'intrigue, très astucieusement entremêlés, font rebondir l'action de surprise en surprise, de révélation en révélation. Entraîné dans les méandres de cette comédie à tiroirs, le spectateur n'a même pas le temps de reprendre son souffle. Nous non plus d'ailleurs !

On apprend que la fille, homosexuelle et future pacsée, est celle du curé ; que la fausse muette, enceinte et givrée, sort d'une famille pleine aux as et que le mari de Mme Taupin est un sacré farceur !... En trois mots : on se marre. A Paris comme ailleurs. Sauf à Orange où, après réflexion, le maire n'a pas voulu du spectacle, jugé trop « osé » (on croit rêver !) pour ses administrés. Cette anecdote n'a pas échappé au *Canard enchaîné* qui a titré pour rire : « Marthe Villalonga enfin démasquée ! » C'est vraiment étonnant que, de nos jours, on puisse encore censurer une comédie sous prétexte qu'elle met en scène une homo et un curé qui s'envoie en l'air ! Comme on disait chez nous, on en est tous restés « axes », c'est-à-dire sur le cul. Cela n'a pas entamé notre bonne humeur, ni l'ambiance tip-top qui a toujours régné entre nous, aussi bien sur le plateau que dans la vie.

A Lyon, en septembre, il faisait chaud comme au mois d'août et nous partions ensemble au théâtre, à pied, tous les soirs. La rue de la République, le pont sur le Rhône, la douceur du fleuve, de l'air, et les étoiles qui brillaient dans un ciel de velours... Une belle parenthèse de presque deux mois qui nous a permis de visiter la ville, de flâner, de croiser d'autres camarades comédiens. Valérie Delbore et Sylvie Weber avaient amené leurs enfants avec elles car le temps de résidence était trop long pour qu'elles laissent leur progéniture à Paris, loin de maman. J'ai eu beaucoup de plaisir à côtoyer ces deux mômes, j'avais l'impression d'être en famille. On s'est offert quelques bons repas ici et là, en particulier dans les fameux petits bouchons lyonnais. Déjà, au foyer du théâtre Saint-Georges, nous nous étions retrouvés bien des fois autour de sympathiques buffets organisés à l'initiative des uns et des autres et en présence des deux directrices des lieux, Marie-France Mignal et France Delahalle, des hôtesses parfaites. Lorsqu'une distribution reste soudée aussi longtemps, tout est prétexte à faire de petits extras entre soi. Partager la galette des rois dans un théâtre, avec tout le personnel du théâtre, c'est la fête. Une fois même, j'ai apporté des bonnes choses que j'avais cuisinées comme là-bas, comme en Algérie, et tout le monde s'est régalé. Rien que du bonheur.

Je me souviens du jour de mon anniversaire, fêté à la fin de la représentation par un énorme lâché de ballons dans la salle du Saint-Georges et par un gros gâteau que nous avons savouré entre nous tous, comédiens, techniciens, producteur, sur le plateau, après le baisser de rideau. C'était d'ailleurs plutôt étrange et assez rigolo, cette ambiance du tonnerre dans ce décor d'hôpital, à côté du lit en fer et des appareils de réanimation. C'est ça la magie du théâtre. Le vrai et le faux se côtoient.

Cette soirée extraordinaire m'a valu par la suite plein de courrier de la part des spectateurs qui avaient assisté à l'événement : « On vous souhaite encore un joyeux anniversaire ! Que ça dure longtemps pour vous, que vous restiez telle que vous êtes, en pleine forme », etc. Un festival de souhaits, tous plus mignons les uns que les autres.

Un autre jour, je ne sais pas au juste comment ni pourquoi, peut-être à cause de cette curieuse atmosphère qui parfois plane sur une représentation, je me suis payé le « trou » de ma vie ! Eh bien, ça ne m'a fait ni chaud ni froid. Je me sentais au contraire très décontractée. Peut-être parce que le climat dans la salle était au beau fixe.

Du coup, j'ai dit le plus simplement du monde : « J'ai un trou », ce qui, bien sûr, a déchaîné les rires du public. J'ai repris tant bien que mal un peu en arrière dans le texte pour essayer de retomber sur mes pieds, mais je n'ai pas raccordé. Un seul mot qui ne vient pas bloque toute la suite. Quand ça ne sort pas, ça ne sort pas. Mais enfin, au boulevard, c'est moins embêtant qu'avec des alexandrins.

Pas démontée pour deux sous, je me suis à nouveau adressée au public en lui disant : « Rien à faire. Je ne me rappelle toujours pas ! » Là, tout le monde a cru que c'était fait exprès. En dernier recours, j'ai fait appel à mon partenaire, le Dr Roseau.

« Mais dites quelque chose, vous ! »

Hélas ! Jacques Zabor, tétanisé, ne m'a rien soufflé. Rien de rien. C'est très fréquent en scène. Le partenaire, bloqué dans son propre rôle, n'est pas le mieux placé pour donner un coup de main, contrairement à ce que l'on pourrait croire.

« Ah ! Ça m'énerve ! » Voilà la réplique qui m'est venue. Ça n'a pas fait avancer le schmilblick. Normalement, j'aurais dû être très malheureuse, très paniquée. Pas du tout ! J'étais cool, à l'aise, de connivence avec le public. Au fond, je m'amusais autant que lui. Finalement, je suis sortie de scène pour aller voir le régisseur et lui demander où on en était dans texte.

« Je ne sais pas. J'ai pas suivi. »

J'ai pensé : « Ah, merde ! », mais je ne l'ai pas dit, et je me suis jetée sur la brochure. Un coup d'œil et, hop ! c'était reparti comme en 14 !

Il y a comme ça des soirs où tout s'emballe. Un peu plus tard dans la pièce, je dois sortir de scène. Mais au moment de revenir... impossible, car la poignée de la porte venait de dégringoler sur le plateau. Alors, j'ai crié des coulisses : « Venez m'ouvrir ! Je ne peux pas entrer. La poignée est tombée. » Les gens se tordaient dans leurs fauteuils. Une énorme vague de rigolade de l'orchestre au balcon.

C'est ce soir-là aussi que Valérie a perdu son collier. Des perles partout, on marchait dessus. La pagaille. A la fin, dans l'euphorie générale, entre deux saluts, j'ai lancé au public : « Eh bien, ce soir, vous avez eu droit à la totale ! » et la salle a explosé.

Le phénomène du « trou » est bizarre, surtout chez moi parce que, contrairement à beaucoup d'acteurs, je n'élimine pas complètement les textes de ma mémoire. Je crois que je les stocke comme un disque dur, ce qui explique que, des années après, en les relisant deux ou trois fois, ils me reviennent presque intacts. Enfin, *Soins intensifs* restera, avec ou sans trou de mémoire, parmi mes plus beaux souvenirs de théâtre.

Moi, jeu

Eh oui, c'est comme ça. Que serait le JE sans le JEU ? Le JE a besoin du JEU pour exister. Et pourtant, chez moi, j'avoue que c'est contradictoire, entre le JE et le JEU, la cloison est étanche. Pas d'interférences. Pas de connexions. Ou si peu... ! Moi, c'est moi, et Marthe Villalonga, c'est la comédienne.

Entre les deux, il y a de la marge. D'une part, ce que je joue ne ressemble pas trait pour trait à ce que je suis, et heureusement d'ailleurs, parce qu'à l'heure où je vous parle je serais épuisée depuis longtemps... Inutile donc de chercher la pétulante, l'explosive, l'excessive ailleurs qu'en scène. D'autre part, la personne publique ne déteint pas sur la personne privée. Même pas le temps d'un rôle. La première s'éclate comme une folle sur le plateau, qu'il soit de cinéma ou de théâtre, passe d'une mamma tyrannique à une croqueuse de diamants comme dans *Croque-Monsieur* ou à une petite bonne impertinente comme dans *Maguy*, mais dès que les projecteurs s'éteignent, la seconde reste dans la vie ce qu'elle a toujours été : réservée, pudique, secrète. Et les deux pôles cohabitent très bien dans la même personne.

Mais attention ! Ça ne m'empêche pas de rigoler tant et plus quand l'occasion se présente, car je ne suis ni morose ni du genre à tirer une tronche de quatre pieds de long lorsque l'ambiance est à la bonne humeur. Je peux même en mettre, de l'ambiance ! Faites-moi confiance. Question de climat général. Si je me sens bien, la vérité, ça déménage ! En revanche, s'il y a de l'électricité dans l'air, il ne faut pas compter sur moi pour rajouter de l'huile sur le feu. Quand c'est possible, j'aime mieux arrondir les angles, arranger les tensions plutôt que faire tout un pataquès avec trois fois rien. Cela ne veut pas dire que je n'ai pas de répondant. Je sais aussi remettre les pendules à l'heure. Et, s'il m'arrive de prendre feu, c'est comme une allumette. Pftt !... Ça flambe et ça s'éteint aussi vite. « Y en a marre ! Ferme-la ! » Mes coups de gueule ne vont jamais plus loin.

Par contre, si on me manque gravement – je dis bien gravement, car je ne fais pas cas des petites frictions, des petits nuages qui peuvent surgir entre les gens –, eh bien, c'est fini, n-i-ni ! Je baisse le rideau de fer. Bonjour, bonsoir, car je suis bien élevée, mais c'est tout. Villalonga échaudée, Villalonga terminée.

Loyauté, respect, fidélité, ce sont mes valeurs. Celles que mes parents m'ont inculquées. Et celles-là, je mets un point d'honneur à les appliquer à la ville comme à la scène : respect du travail bien fait, respect du public toujours, que la salle soit bourrée ou à moitié vide, et engagement maximal même si je n'ai que dix lignes à dire. Pas question de balancer le texte par-dessous la jambe ! Jamais. Et puis quoi encore ? ! Le public, c'est sacré.

Dans la vie, je m'en tiens à ce vieil adage : « Ne fais pas aux autres ce que tu n'aimerais pas que l'on te fasse à toi-même. » Tout simplement. Je me suis construite sur ces valeurs de base. Elles m'ont permis d'avancer. J'y suis restée très attachée, même si elles sont moins en vogue par les temps qui courent. Et kif-kif pour la discrétion, tellement galvaudée ici et là. Alors, ce n'est pas la peine de me cuisiner. Les journaux people l'ont admis. C'est vous dire !

A la question : « Alors, Marthe Villalonga, parlez-nous un peu de vous », je réponds invariablement que c'est en parlant de ce que je fais que je parle de moi. Le reste m'appartient. Si le ou la journaliste insiste (c'est très rare), le regard brillant, à l'affût d'une confidence plus intime, d'un scoop : « Vous avez quelqu'un dans votre vie, n'est-ce pas ? », je répète ce que j'ai déjà dit des dizaines de fois dans des dizaines d'articles : « Oui, bien sûr. J'ai quelqu'un et depuis très longtemps. Mais chacun chez soi. » C'est un peu court mais c'est la vérité, et, satisfait ou pas de ma réponse, l'intervieweur doit s'en contenter. Il ne me viendrait même pas à l'idée de raconter quoi que ce soit d'autre. Propriété privée, défense d'entrer. D'ailleurs, il n'y a pas de quoi en faire tout un plat. Je connais plus d'un couple qui fonctionne de cette manière. Avec le temps, ce système, librement consenti, ne présente que des avantages. Le meilleur, le plus durable aussi, ne se décline pas obligatoirement au quotidien.

En tout cas, ce qui est sûr, c'est que de ce côté-là, même dans les magazines les plus accrocheurs, je n'ai jamais eu de mauvaises surprises. Personne n'a transformé mes propos, ni extrapolé des fariboles sur la vie privée de Villalonga, et personne ne m'a mise sur le gril. De toute façon, il n'est pas encore né celui qui me fera dire ce que je ne veux pas dire ! Il faudra qu'il se lève de bonne heure, et, même en se levant à l'aube, ce sera perdu d'avance. *Ouallou !* Je ne me suis jamais « étendue sur le sujet ». Sauf en tête à tête, ça va de soi.

Est-ce que je pose des questions indiscrètes, moi ? Est-ce que je vais aller demander à Untel ou Untel comment ça marche avec sa copine ? Pourquoi les acteurs devraient-ils se prêter à ce petit jeu qui tourne parfois au pillage pur et simple ?

Souvent, ceux qui s'en plaignent s'exposent. Pas moi. Si vous m'avez déjà vue dans une soirée branchée à Saint-Trop' ou à Ibiza, bravo, vous avez gagné le jackpot !

Ni noctambule ni snob comme un pot de chambre, mais près des gens, mes semblables. Ce que je peux vous dire, à vous qui m'avez lue jusque-là, c'est que ma vie professionnelle n'a pas rejoint ma vie personnelle. Ça ne s'est pas présenté comme ça. Ce n'est pas une résolution de ma part. Et ce n'est plus l'heure de revenir sur ce qui aurait pu se produire et qui ne s'est pas produit.

L'amour de mon métier, tel qu'il est, avec ses difficultés et ses joies immenses, a rempli tous les espaces disponibles de mon existence. Je lui ai donné beaucoup, énormément, et il me l'a bien rendu. Je pense que si ma liberté avait été freinée d'une façon ou d'une autre, par exemple par une vie de famille, je n'aurais pas pu m'investir autant dans ma vie professionnelle et cela m'aurait sans doute coûté. Je n'ai pas eu ce choix à faire, voilà tout.

J'ai pu me consacrer à mon travail à cent pour cent. A ma passion. Comme un artisan, un ébéniste qui travaille le bois, avec le constant souci de faire au mieux pour que le résultat soit le meilleur possible et pour pouvoir se regarder tous les matins dans la glace, sans baisser les yeux. Ce n'est déjà pas mal... Même si je vois tout ce qui cloche dans mon visage, en particulier mon nez ! Pauvre nez que j'aurais voulu plus fin, plus photogénique, et qui, finalement, n'a jamais posé de problème qu'à moi-même.

Je dois dire qu'avec ma nature j'ai toujours pris le métier du bon côté. J'ai une façon de travailler qui me rend la vie légère. Mon boulot, c'est mon plaisir. Chez moi, le mot « jouer » prend tout son sens. Je joue, avec un grand J. Donc, rien ne me pèse. Que le rôle soit long ou court, drôle ou dramatique, je lis et relis mes scènes, et puis je laisse infuser. Je digère. J'assimile, sans me poser trop de questions existentielles sur la façon dont je vais restituer le personnage en scène ou à l'écran. Je vais à lui tranquillement, sans angoisse, au pas de promenade. Si j'y pense, c'est d'une façon presque inconsciente. « Qui est cette femme que tu vas jouer ? Comment réagirais-tu à sa place ? Quelle attitude peut-elle avoir ? » Parfois, j'ai l'impression de la connaître ou de la reconnaître, comme si je l'avais déjà vue quelque part.

Mais je n'y pense pas tout le temps, même pas dans ma loge pendant que je me maquille. Si j'arrive assez tôt au théâtre, ce n'est pas pour rester en tête à tête avec mon personnage, c'est pour écouter de la musique ou papoter avec les autres. C'est peut-être une autre façon de se concentrer, de retenir son énergie. Je n'en sais rien. Mais le rôle ne m'obsède pas. Il reste discret, lui aussi. Et jamais je ne me demande si, à tel moment, je vais faire un effet ou pas. Rien n'est calculé. Quand les rires viennent, tant mieux, sinon il faut chercher ce qui cloche et rectifier. C'est un travail d'équipe, les partenaires apportent beaucoup.

Je n'apprends pas un texte forcément par cœur, en particulier quand il s'agit d'une pièce, car les répétitions permettent de se le mettre en bouche pendant des semaines ; je ne cherche pas non plus à déposer la moindre intention derrière les mots, parce que le risque de partir dans une mauvaise direction est réel, mais peu à peu j'apprivoise le rôle et je me l'approprie. C'est pourquoi le fameux débat sur l'acteur qui tire le personnage à lui et sur le comédien qui va à la rencontre du personnage est un débat si complexe. Lequel des deux s'empare de l'autre ? Je n'ai pas la réponse.

Au moment de l'action, moi, je réagis beaucoup à l'instinct. Je suis essentiellement et presque exclusivement guidée par mon instinct, et peut-être aussi par quelque chose qui m'échappe mais qui n'échappe pas au public. Certains soirs, je suis même portée, pour ne pas dire enlevée, par ce « truc » étrange (je ne vois pas comment le nommer autrement) qui tient de l'élan et de la magie. C'est mystérieux, inexplicable, mais le public qui reçoit cette onde de choc est emporté lui aussi.

C'est pour ça que la représentation est différente chaque soir. Je la réinvente et je sais que la plupart des acteurs sont comme moi. Selon les réactions du public, tout peut changer. Les intentions, plus ou moins fixées au départ, se déplacent. Les rythmes du spectacle bougent. Ce qui explique que le temps de la représentation peut être écourté ou rallongé de quelques minutes, selon les impulsions données par le public.

J'ai joué *Soins intensifs* un nombre considérable de fois et il m'est arrivé – à moi comme aux autres – d'avoir des petits coups de pompe, des petits coups de flemme aussi (nous ne sommes pas des machines), mais une fois qu'on est dans le bain, la fatigue s'évapore et l'envie est au rendez-vous parce que les spectateurs rendent au centuple ce qu'on leur donne. Il y a quelquefois, entre scène et salle, un échange si fort, un retour tellement extraordinaire que, spontanément, je suis entraînée à faire des choses qui n'étaient pas prévues au programme.

Dans *Soins intensifs*, à un moment, tandis que ma partenaire parle, je prends un verre d'eau et chaque fois que je le porte à mes lèvres je m'interromps sous le coup de la surprise. Un soir, j'ai réalisé que j'étais en avance sur le « timing » de ma partenaire et, spontanément, au lieu d'interrompre mon geste sitôt qu'elle prenait la parole, je l'ai prolongé et j'ai bu une gorgée, ce qui m'a permis de m'étouffer et de postillonner copieusement lorsque j'apprends que la muette est enceinte. Les gens se sont étouffés de rire avec moi et, bien entendu, la trouvaille a été gardée.

De même, un autre soir, pendant qu'une de mes camarades faisait sa démonstration de yoga à l'avant-scène, je me suis mise à l'imiter. Je ne sais pas du tout comment ça m'est venu, mais ce que je sais, c'est qu'en me voyant me tortiller sur ma chaise pour me mettre dans la position du lotus (quel tableau !), le public, lui, s'est tordu de rire.

Un autre soir encore, au moment des saluts qui n'en finissaient pas, j'ai soudain regardé ma montre ostensiblement pour indiquer à tout le monde que c'était l'heure de rentrer chez soi. Les spectateurs ont commencé à rigoler et moi, comme si je venais de réaliser qu'il était temps de grignoter un morceau, je suis allée, sans réfléchir, chercher le sandwich prévu dans la mise en scène, je l'ai partagé avec mes camarades et, le dernier morceau, je l'ai lancé à la salle !

Chaque représentation apporte quelque chose de nouveau. Les rires, les vibrations, les silences, les échanges se suivent, mais ne se ressemblent pas. Pendant ce temps, je m'amuse. Personne ne peut imaginer à quel point je m'amuse !

A la différence des rôles dramatiques où il faut nécessairement se replier sur soi, couper les ponts avec la salle (je pense au monologue poignant que j'avais dans *L'Arlésienne*), au boulevard je suis en liberté, en ouverture. Je peux saisir un regard à l'orchestre, entendre un éclat de rire parmi tous les autres, entrer en complicité totale avec le public, mais sans le prendre à témoin. Chacun son rôle. Chacun sa place. On est au théâtre, pas au cirque. Entre les gens et nous il y a ce que l'on appelle le « quatrième mur », celui qui ferme symboliquement la scène. Il m'arrive d'y faire une brèche, mais l'abattre, non, pas question.

Quant aux critiques, qu'ils fassent leur boulot ! Qu'ils disent du bien ou du mal ne m'a jamais empêchée de dormir. Certains, parmi ces gens-là, sont comme les eunuques : « Ils disent comment faire, mais ils ne savent pas le faire. » La phrase n'est pas de moi, mais elle me plaît bien. Cela dit, une critique constructive, me permettant d'avancer, est toujours la bienvenue.

Je ne sais pas si le fait de m'amuser autant contribue à ma bonne santé, mais je sors de scène en pleine forme ! Je pourrais presque recommencer. On dirait que les représentations me survitaminent. Je me dope aux rires, aux applaudissements. Ma parole, après le spectacle, je crois que je serais contrôlée positive comme certains coureurs. Le bonheur de tous ces gens qui se gondolent dans leur fauteuil et m'attendent à la sortie pour me dire : « On vous aime. On vous souhaite longue vie. Continuez encore longtemps à nous faire rire », tous ces instants-là, ce sont mes amphétamines à moi !

Je rentre chez moi tranquille. Le cœur plein de la joie que j'ai pu donner et de la sympathie que j'ai reçue en retour. Je décompresse devant une tranche de jambon, en regardant la télé ou en lisant un bouquin, ce qui me tombe sous la main, car je suis très éclectique. A ce moment-là, le rideau est tombé. La guinguette a fermé ses volets. Le personnage s'est détaché de moi. Je n'ai pas besoin de me coucher aux aurores pour m'en libérer sous prétexte qu'il me hante.

Je ne suis hantée par rien du tout, sauf peut-être par mon poids qui monte et qui descend et qui remonte comme un yo-yo. « Ça s'en va et ça revient », sur l'air de la chanson de Clo-Clo. Pourtant, je fais attention. Mais, pas toujours, je l'avoue. Je flanche souvent parce que je suis très gourmande ; j'ai du mal à résister aux bonnes choses. Les plats en sauce et moi, po... po... po... !

Malgré les restrictions que je m'impose pour garder la ligne, il ne faudrait tout de même pas croire que mon style de vie soit celui d'une bonne sœur. Je suis zen, d'accord, mais il m'arrive aussi de temps en temps de renoncer (et sans effort !) à mes petits légumes cuits à la vapeur pour faire un bon repas avec les copains. Je sors, je vais à quelques soirées, ce qui me permet de me faire belle (à peu de frais d'ailleurs, car la haute couture et moi, ça fait deux !). Franchement, vous me voyez en bustier, falbalas vaporeux et talons aiguilles ? Les petites tenues sympathiques, confortables et pourquoi pas ravissantes conviennent mieux... à mon genre de beauté.

Si je peux, c'est-à-dire si je ne joue pas, ce qui devient très rare depuis quelques années, j'assiste volontiers aux premières parce que c'est toujours une joie de retrouver les gens que je connais, de les applaudir à mon tour et de trinquer à leur succès ensuite... à l'eau minérale bien sûr ! Mais j'aime mieux me rendre à une représentation « normale » car je sais par expérience qu'à une générale ou à une première, la pression est trop forte.

Et puis, je voyage aussi. Ah ça, oui ! C'est mon dada. Toujours partante, jamais patraque !

A moi, l'Egypte, la descente du Nil, cette extraordinaire impression d'être hors du temps, de pénétrer dans un enchantement continu qui ne s'arrête qu'aux faubourgs du Caire... A moi, la Norvège où, je dois l'avouer, la transparence des fjords ne m'a pas fait rêver. Et la Chine, de Pékin à Canton jusqu'à Hongkong, la grouillante. Des sites à couper le souffle, en particulier celui des chevaux sculptés de Xi'an, ou les paysages d'estampes de Giling, sans oublier la Grande Muraille ! Je crois que je suis allée en Chine parce que j'admire la finesse des broderies chinoises. Ces kimonos superbes, ces coloris chatoyants, ces petits points si délicats... C'est la brodeuse en moi qui parle. J'aimerais faire aussi bien.

En général, c'est en feuilletant des bouquins que l'envie me vient. Je me mets à rêver devant un petit pont japonais, une pagode, une poterie, trois nénuphars dans un bassin, et l'idée du voyage fait son chemin dans ma tête. Alors, en vrac : l'Indonésie, les Célèbes et Bali où, avec Annie, ma cousine germaine, nous avons eu la chance d'assister à la grande fête des offrandes qui n'a lieu que très rarement, le Viêtnam, la fabuleuse baie d'Along, le Cambodge, la grâce mystérieuse des temples khmers, la couleur changeante des plantations de poivriers ou de tabac, la Thaïlande, Bangkok et ses magnifiques marchés flottants... Un beau périple !

Et même au bout du monde, des rencontres improbables. Par exemple, pendant mon voyage en Chine, je me faisais souvent charrier par mes copines de car parce que, lorsque nous croisions d'autres touristes français, ils se précipitaient tous sur moi pour me demander ce que je faisais là.

« Tu vas voir que, même ici, quelqu'un va te reconnaître.

– Tu rigoles !

– Mais si ! »

Un jour que nous montions un sentier à la queue leu leu pendant que d'autres le redescendaient, j'ai vu une Asiatique aux yeux très bridés venir à moi, tout sourires.

« Mon Dieu, que je suis contente de vous rencontrer ! »

Mes copines n'en revenaient pas. Leur prédiction se réalisait. J'étais connue jusqu'en Chine ! Hélas !

« D'où êtes-vous ? ai-je demandé à la dame dont le français impeccable et l'accent chantant m'avaient mis la puce à l'oreille.

– Té ! Je suis de Marseille, pardi ! »

C'était quand même une rencontre incroyable, loin, si loin de la France...

J'ai vu la Grèce aussi, où, à Delphes, sur le site de Marmaria quasi désert, je me suis assise sur un fût de colonne en me disant que je ne bougerais plus de là tellement c'était grandiose. Et puis Israël où je suis allée pour présenter un film et où, dans la foulée, j'ai visité Jérusalem, Bethléem... Je me suis même trempée dans la mer Morte pour voir si mon poids allait ou non m'entraîner au fond !... Et encore l'Andalousie, la somptueuse mosquée de Cordoue dont le souvenir me fait toujours vibrer, les danses arabo-espagnoles, si impérieuses et si élégantes, la Guadeloupe, l'île de la Réunion, et toutes les spécialités délicieuses dont je ne me suis pas privée car je mange toujours la nourriture du pays où je suis. A quoi bon aller au bout du monde, se dépayser, flâner sur les marchés exotiques pour respirer à plein nez l'odeur des épices, si c'est pour se taper un steak-frites ! Rien que d'aligner tous ces noms venus d'ailleurs, j'ai envie de boucler mes bagages. Et ceux de ma cousine Annie Schneider, qui m'a accompagnée quelquefois. Excellente copilote, c'est aussi ma grande amie, mon double, ma sœur.

Les States, j'y suis allée toute seule. New York d'abord. Il y a énormément de pieds-noirs là-bas. D'ailleurs, deux charters pleins à craquer sont venus des Etats-Unis à Nice, en 1987, à l'occasion du vingt-cinquième anniversaire de notre départ de l'Algérie. Ensuite, je me suis payé la Californie, Los Angeles évidemment, la Pennsylvanie... Les distances ne me font pas peur. Je ne fatigue pas vite.

Quand j'ai quitté New York pour la Californie, on m'avait dit que je voyagerais dans un très grand car et uniquement en compagnie d'Américains. J'ai pensé que ça allait m'aider à perfectionner mon anglais. Mais, le matin de mon départ, je me suis retrouvée dans un minibus avec un petit groupe, et lorsque j'ai voulu me présenter en utilisant la langue de Shakespeare, un monsieur charmant m'a dit, avec un bel accent du Midi : « Pas la peine, on vous a tous reconnue. Nous, on est de Toulon. »

A Las Vegas, j'ai d'abord été un peu déçue. Des gratteciel et le désert tout autour, jusqu'au pied des montagnes. A la lumière du jour, l'ensemble n'a rien d'extraordinaire. Mais à la nuit tombée, dans une débauche de néons, c'est différent. Bien entendu, j'ai un peu joué... et très vite perdu. Alors, je n'ai pas insisté. Je suis trop raisonnable.

Un jour, dans un resto, j'ai vu des cow-boys. Ils sont arrivés, avec leurs vestes frangées et leurs éperons, et ils se sont mis à chanter sur une petite estrade, dans un coin. J'ai eu l'impression de vivre une séquence des westerns de ma jeunesse, ceux que j'allais voir au cinéma L'Eden, chez mes grands-parents.

En somme, exception faite de l'Amérique du Sud, j'ai pas mal sillonné la planète. Je suis même allée au Canada. A présent, j'aimerais explorer la France. Elle est si belle ! En tournée, c'est un peu compliqué de jouer tous les soirs et de faire du tourisme dans la journée. Il faut aussi penser à se poser un peu entre deux escales, pour ne pas disperser son énergie, être d'attaque face au public, qui a payé sa place et pour lequel il faut absolument se surpasser, même avec un nez bouché ou une rage de dents.

Un de ces jours, j'irai faire un tour du côté du Languedoc, en Cévennes, en pays cathare, me coltiner à pied le raidillon qui grimpe vers Montségur (ça doit être excellent pour la forme et les formes !), croiser à la nuit tombée les troupeaux de brebis qui descendent des hauteurs, me tremper les pieds dans le Tarn (brrr !), suivre les nuages, voir venir, prendre le temps.

Avant de m'embarquer à nouveau dans une longue aventure théâtrale, un petit break serait le bienvenu. Ni trop court ni trop long, juste de quoi recharger mes batteries et peut-être arriver à finir cette grande tapisserie au point de croix que j'ai mise en route il y a des mois.

Depuis, et même pendant *Soins intensifs*, je n'ai pas chômé. En juin 2002, j'ai tourné un téléfilm superbe, au titre évocateur : *Nés de la mer du monde*, de Denise Chalem, avec Michel Aumont et Irène Jacob. L'histoire d'un couple originaire d'Egypte (Michel Aumont et moi) qui a élu domicile à Marseille depuis cinquante ans. Un jour, en regardant la télé, l'épouse croit reconnaître quelqu'un de sa famille en la personne d'une journaliste. Elle décide de la contacter, non par courrier car elle craint de faire des fautes d'orthographe, mais en enregistrant des cassettes et en les lui envoyant. Lorsque la journaliste reçoit ces enregistrements, elle est très perplexe. Qui donc est cette femme qui l'invite à venir la voir avec tant d'insistance ? Finalement, par curiosité, elle descend à Marseille. Voilà le point de départ d'une histoire émouvante et profonde, mélancolique et drôle, que je laisse aux téléspectateurs le plaisir de découvrir.

A l'automne, c'est moi qui suis descendue à Marseille pour tourner un petit rôle, celui d'une grand-mère bohème, dans une comédie aux allures de thriller, *Lovely Rita*, réalisée par Stéphane Clavier, qui joue lui-même dans le film, aux côtés d'Eddy Mitchell et d'Arielle Dombasle. Un scénario très moderne, qui raconte la descente aux enfers d'un homme ayant passé une seule nuit avec une femme rencontrée par l'intermédiaire de l'Internet. Je vous laisse la surprise. Ce que je peux vous dire, c'est que ma participation là-dedans est très inattendue... et aussi très mouillée !

Le temps passe, les films et les pièces se succèdent, les rencontres se multiplient, les projets mijotent (j'ai toujours une casserole sur le feu), et l'envie, elle, reste intacte, comme aux premiers jours. Ma passion ne s'est pas émoussée. L'amour du public non plus. Et c'est réciproque. Lui et moi, nous nous retrouvons un peu partout. Au théâtre, bien sûr, mais aussi dans la rue, au restaurant, dans les magasins. Des milliers de minuscules rendez-vous d'amour qui durent le temps d'une poignée de main, d'un sourire, de quelques mots échangés sur le trottoir, dans le bus ou le métro. Toutes ces gentillesses mises bout à bout ! Tous ces regards brillants, émus ! Tous ces visages inconnus et pourtant familiers qui viennent à moi chaque jour ! Témoignages affectueux ou admiratifs, rappels de tel ou tel instant de bonheur partagé, comme si nos souvenirs étaient à l'unisson, comme si j'étais des leurs, parente éloignée, vieille copine, complice des moments heureux, saupoudrés d'éclats de rire, ces éclats qui font oublier pendant une heure ou deux les aléas de la vie : les fins de mois difficiles, les amours perdues, le chef de bureau qui râle ou la rougeole du petit dernier. Ces bouffées de détente, les gens les gardent en mémoire et elles refont surface dès que je me pointe avec mon mètre cinquante, mon accent et ma bobine de clown.

« Vous nous faites du bien. »

« Continuez comme ça. »

« Quelle joie de vous voir ! »

« Donnez-moi la main. »

« Prenez soin de vous. Que ça dure encore pendant longtemps. »

Et c'est contagieux : les mômes ne sont pas en reste, petits Français et petits Beurs qui se poussent du coude dans le métro en se chuchotant : « C'est elle. J'te dis qu' c'est elle », qui se marrent sous cape et me tendent finalement la main avant de descendre.

Populaire, il n'y a pas d'autre mot et, pourtant, celui-là a été souvent déprécié, critiqué, revu à la baisse. Populaire, oui, ça me va. D'abord, parce que je n'ai pas volé cet amour qu'on me donne, ensuite parce que je suis à ma place parmi ces gens qui me ressemblent. Pas de manières entre nous, pas de discours, pas de relations tarabiscotées. Pas de pipeau non plus. Rien que des franches parties de rigolade pour ainsi dire entre amis, toutes générations et toutes nationalités confondues, avec, en prime, un peu d'émotion parfois, parce que le théâtre, comme la littérature d'ailleurs, est à la hauteur de la vie, même si la vie, elle, n'est pas toujours à la hauteur.

Pour les fêtes de fin d'année, en décembre 2002, je suis allée à Colmar, toujours avec Annie, pour voir les illuminations et les beaux marchés de Noël. Il n'y a pas un seul stand où je me suis arrêtée sans qu'on soit venu me saluer, me demander de mes nouvelles.

« Qu'est-ce que vous faites par ici ?

– Je me promène.

– Vous allez bien ?

– Mais oui. »

Et celle-là appelle celle-ci qui appelle l'autre à son tour... Une déferlante de sourires, de paroles accueillantes, de petits cadeaux aussi : pots de confiture et tablettes de chocolat blanc, discrètement déposés au milieu de mes propres emplettes. Tant pis pour les kilos superflus ! C'est trop beau. Trop beau, comme ce voyage en avion, je m'en souviens, où le steward m'a placée d'office en première, où le chef de cabine est venu me présenter ses respects, où le commandant lui-même s'est déplacé pour me souhaiter la bienvenue à bord. Un coq en pâte.

Et, le comble, c'est que ça m'arrive à moi ! ... Moi, le guignol du Café de France, l'accro du patronage, la petite fille au piano, la jeune comédienne éberluée de *La Famille Hernandez*, l'élève de Simon, la débutante désargentée, et j'en passe... Etonnement et émerveillement non-stop pour moi qui sais d'où je viens : de Maison-Carrée, de Jean-Bart, d'Algérie...

La vie m'a gâtée, c'est vrai, mais je ne me suis jamais sentie au-dessus du lot. Fille de Nono et Zizou je suis et je reste. La Toutoune d'hier est encore en moi aujourd'hui. Elle fait toujours ses gammes, que ce soit au piano ou sur un plateau. Elle aime toujours autant la musique, le soleil, les vagues – et son métier par-dessus tout.

Demain, après-demain, dans deux ans, dans dix ans (qui sait ce que l'avenir me réserve ?), je rêve d'être encore sur une scène, de faire vivre et revivre ma passion, telle qu'elle est depuis le jour où je l'ai rencontrée, c'est-à-dire « hé-naur-me » ! Je rêve d'en prendre pour perpète, de me mettre au service d'un auteur, d'un personnage, moderne ou classique (ah ! Molière !), avec le même souci de bien faire et d'apporter aux gens qui ont de moins en moins l'occasion de se réjouir, de quoi s'amuser, s'émouvoir, palpiter. Comédienne parmi les autres, membre de la grande famille de ceux et celles qui, comme moi, ont fait de leur vie un art. Ou l'inverse !

On verra bien. *Inch Allah !...*

Paris, février 2003

Table

Toutoune 9
La belle famille 35
Plus jamais 57
Entre deux 71
Action ! 89
Les quarantièmes rugissants 113
Croque la vie ! 143
Moi, jeu 167

Cet ouvrage a été composé et imprimé par

FIRMIN DIDOT

GROUPE CPI

Mesnil-sur-l'Estrée

pour le compte des Editions Anne Carrière
104, bd Saint-Germain 75006 Paris
en avril 2003

Imprimé en France
Dépôt légal : mai 2003
N° d'édition : 263 – N° d'impression : 63307